Paul Katsitis

Mykonos Crime © 20
DARKNET

AF221577

Bisher erschienen in dieser Reihe (Deutsch/Griechisch)

Serie 1:
Mykonos Crime 1 Die Bestie von Mykonos
Mykonos Crime 2 Rache
Mykonos Crime 3 Tattoo
Mykonos Crime 4 Der Drei-Sterne-Mord vergr.
Mykonos Crime 5 Inzest
Mykonos Crime 6 Skalpell
Mykonos Crime 7 Hass
Mykonos Crime 8 Sturm über Mykonos
Mykonos Crime 9 Die Maske
Mykonos Crime 10 Abseits
Mykonos Crime 11 Glut
Mykonos Crime 12 Putsch

Serie 2:
Mykonos Crime 13 Royals
Mykonos Crime 14 Trauma
Mykonos Crime 15 Khaled
Mykonos Crime 16 Spione
Mykonos Crime 17 Botschafter
Mykonos Crime 18 Libido
Mykonos Crime 19 Carneval
Mykonos Crime 20 Darknet
Mykonos Crime 21 Yariv (Sep 20)

Bisher erschienen auf Hebräisch:

Mykonos Crime 1: שגריר
Mykonos Crime 2: הליבידו (Sep 2020)

Bisher erschienen auf Englisch:

Mikonos Crime 1: Abducted
Mikonos Crime 2: Confusion
Mikonos Crime 3: The prince
Mikonos Crime 4: Spy
Mikonos Crime 5: Beast
Mikonos Crime 6: Ambassador (Aug. 2020)

Andere Mykonos-Bücher siehe Buchende

Paul Katsitis

Mykonos Crime© 20

Darknet

Impressum
Titelbild: istockphoto/Shutterstock, Innenteil
Shutterstock
Copyright Paul Katsitis 2020: **Der Inhalt als auch
Buch- und Reihentitel sowie der Autorenname sind
urheberrechtlich geschützt oder unterliegen dem
Titelschutz. Jedwede Verwendung ist strafbar.**

ISBN 9783751960670

Herstellung und Verlag BoD- Books on
Demand, Norderstedt

Angelos Nikakis, 30, war Hauptkommissar in Thessaloniki, bevor er nach Mykonos kam. Zwei Jahre später wurde Angelos Nikakis zum Bürgermeister gewählt. Der erste schwule Bürgermeister Griechenlands.
Angelos ist verheiratet mit

Khaled Nikakis, 25. Khaled war Kronprinz eines kleinen Emirats und verliebte sich während eines Kurztrips nach Mykonos unsterblich in Angelos. Er verzichtete auf alle Titel und heiratete Angelos.

Im Laufe der Handlung dieses Buches lernen die beiden

Yariv Markaris, 28, kennen. Er arbeitet in der Sonderabteilung „Darknet" des Athener Polizeipräsidiums.

Alexandros Mantzaris, **67**, ist Amtsrichter auf Mykonos.

Abu Bakar, 38, beherrscht den Drogenhandel in der Ägäis. daher sind er und Kommissar Angelos Nikakis per se Feinde. Doch dann schließen die beiden ein Friedensabkommen der besonderen Art...

1

Es war heiß und stank fürchterlich. Nach Schweiß, Fisch und Urin.
Samira tränten die Augen und so konnte sie zunächst nichts erkennen.

Ich habe Durst.

Samira konnte sich nicht mehr erinnern, wann sie das letzte Mal etwas getrunken hatte. Gestern Abend vielleicht. Gegessen hatte sie auch lange nichts. Aber der Durst überlagerte den Hunger. Sie versuchte sich zu erinnern.

Gestern war ich noch mit den anderen Kindern zusammen. Sie hatten Fußball gespielt und dann war der dicke Mann gekommen, der sie schon seit Wochen bei jeder Gelegenheit schimpfte. Was er eigentlich wollte, verstand niemand. Er sprach eine seltsame Sprache und manche der Jungen hatten gelacht, was den Mann noch wütender machte. Kurzerhand schnappte er sich den Ball und marschierte davon.

Der Ball. Das einzige Spielzeug, das sie hatten. Die Jungen knoteten mehrere Stofffetzen zusammen und spielten weiter, aber Samira war traurig. Ohne richtigen Ball würde es noch langweiliger werden.

Am Abend, als Samira ihren Teller Suppe aß, kam der alte Mann wieder und befahl ihr, sich zu waschen und am nächsten Morgen in der Nähe des Hauses zu bleiben. Sie würden einen Ausflug machen. Samira war misstrauisch, denn sie mochte den Mann nicht. Aber als er ihr sagte, dass noch einige andere Kinder mitfahren würden, begann sie sich zu freuen. Endlich mal etwas anderes als diese elende Langeweile.

Sie konnte sich noch erinnern, dass sie am frühen Morgen in ein großes Auto steigen musste. Jetzt erinnerte sie sich wieder: der Mann gab ihr eine kleine Flasche Wasser, die sie austrinken musste. Danach? Ich bin wohl eingeschlafen.

Jetzt konnte sie auch etwas sehen. Sie war angekettet und da waren tatsächlich noch andere Kinder. Acht zählte Samira, die meisten schienen zu schlafen.

Der Boden schwankte und sie kannte dieses Gefühl. Ich bin auf einem Schiff, dachte sie. Aber warum? Und wenn nur nicht dieser Gestank wäre. Sie schaute an sich herunter und sah, dass sie sich eingenässt hatte. Ein dunkler Fleck auf ihrer uralten Strumpfhose aus Stoff. Sie gehörte Samiras Schwester, Liyah. Wie alle Kleidungsstücke in der Familie wurden sie von den älteren an die jüngeren weitergegeben.

Samira schämte sich. Sie war viel zu alt, um sich in die Hose zu pinkeln. Das machen nur kleine Kinder und ich bin schon acht.

Plötzlich bewegte sich rechts von ihr etwas. Dort saß ein kleiner Junge. Der ist auch komplett verdreckt, ganz arg im Gesicht, dachte Samira. Bestimmt hat auch er Durst.

Der Junge zog an seinen Ketten, gab den Versuch, sich zu befreien aber bald auf. Er war zu erschöpft. Irgendwie sieht er anders aus als ich, dachte Samira. Er hat viel hellere Haut als ich oder die anderen Jungen.

Sie beugte sich vor und sah, dass er die Augen geöffnet hatte.

„Salam", sagte Samira.

Der Junge blickte sie verständnislos an.

Vielleicht hat er mich nicht gehört, denn es war laut. Sie versuchte es noch einmal.

„Salam!"

Diesmal bekam sie eine Antwort.

„Thi?"

Damit konnte Samira nun gar nichts anfangen. Hieß das ‚Hallo' oder war das sein Name? Der Junge gehört definitiv nicht zu uns, dachte Samira.

Plötzlich hörte sie, wie der Lärm nachließ und das Stampfen nur noch ab und zu hörbar war.

„Wir sind gleich da", sagte Samira, um den jüngeren Buben zu beruhigen. Ich bin die Ältere und muss mich um kleinere Kinder kümmern. Das hatten ihr schon Papa und Mama eingetrichtert. Aber wieder schaute sie der Junge verstört an.

„Thi? Pu ine Mama?"

Er versteht mich nicht, dachte Samira.

Wie sollte er auch?

Der kleine Junge war Grieche und mehr als „Thi - Was?" brachte er nicht hervor. Und „Pu ine Mama?" – Wo ist Mama?

2

Angelos und Khaled Nikakis saßen auf ihrer Terrasse und genossen die Ruhe. Sage und schreibe drei volle Monate war nichts passiert.

Kein Mord, kein Totschlag, kein fremder Geheimdienst – paradiesische Verhältnisse auf einer Insel, die aufgrund ihres Status als Hotspot der Reichen und der europäischen Partyszene, sich auch in Sachen Kriminalität einen Namen gemacht hatte. Nicht sichtbar für den Normalgast – der war durch das dichte Kameranetz geschützt. Nein, besonders die Superreichen zogen ein Netz an Kriminalität hinter sich her.

Bei jeder Villa, die an einen Russen oder Ukrainer verkauft wurde, stöhnte Bürgermeister und Kommissar Angelos Nikakis auf.

„Man hätte Osteuropa einmauern lassen sollen", knurrte er, als er den letzten Kaufvertrag zu Gesicht bekam.

Tatsache ist, dass Osteuropäer tatsächlich einen signifikanten Anteil an den Straftaten auf Mykonos ausmachen.

„Es liegt an deren niedriger Hemmschwelle in Sachen Gewalt und den korrupten Behörden vor Ort", sagte Giorgios, sein früherer Mitarbeiter immer.

„Als ob wir Griechen nicht korrupt wären", entgegnete Angelos bei diesem Gespräch.

Zumindest auf Mykonos war damit Schluss. Da Angelos der erste Nicht-Mykonier auf dem

Bürgermeisterstuhl war, hing er nicht in den örtlichen Seilschaften fest.

Wie durch ein Wunder konnten plötzlich Projekte angegangen werden, die jahrzehntelang brach gelegen hatten, da das Geld immer versickert war.

„Was ist heuer los?", fragte Khaled. „Kein Mord und du hast dir schon ewig keine Kugel mehr eingefangen. Nicht dass ich unglücklich darüber wäre!"

„Das will ich dir auch geraten haben", sagte Angelos. „Und beschreie es nicht. Die Saison geht gerade los und in Kürze fallen die Herrschaften wieder wie Heuschrecken über die Insel her. Reiches Gesindel", sagte er und musste lachen, angesichts der Riesenvilla, in der er und Khaled dank Khaleds Vermögen leben konnten.

„Ja. Einfache Leute wie wir haben es nicht leicht", meinte Khaled und kuschelte sich an Angelos – auf der 6000-Euro-Liege mit zwei Meter Breite. Angelos lachte.

„Bis ich dich kennenlernte, wusste ich gar nicht, dass es Eisbeerenholz gibt. Geschweige denn, dass ich es hätte kaufen können!"

„Ja – und dann kam der Traumprinz und machte den Herrn Kommissar glücklich und wohlhabend", ergänzte Khaled und schaute Angelos mit dem unschuldigen Blick an, der Angelos immer zum Lachen brachte.

„Stimmt. Ich hätte dich zwar auch ohne dein Geld geheiratet, aber ich gebe zu: dieses Leben hat seine Vorzüge!"

Dabei war Angelos am Anfang überhaupt nicht begeistert, als Khaled das Riesenhaus für schlappe 9 Millionen Euro gekauft hatte.
„Ich konnte nicht warten, es war ein Schnäppchen", entschuldigte sich Khaled damals und sein Hundeblick erstickte Angelos´ Protest sofort. Zu Khaleds „persönlichen Sachen", die er mit ins Exil nehmen durfte gehörte auch ein Jet, eine Yacht und etwas „Kleingeld", wie Khaled immer sagte.
Angelos´ vehementer Protest gegen diesen Luxus zeigte Khaled, dass Angelos tatsächlich nur an ihm als Person interessiert war. Und Khaled dazu zu zwingen, auf alles zu verzichten, was er seit der Kindheit als normal ansah, schien Angelos aber doch nicht der richtige Weg zu sein. Nur an kleinen Dingen konnte man die unterschiedliche Herkunft erkennen: Khaled sprach oft von „unserem Häuschen", Angelos von dem „Riesenpalast".
„So könnte es immer weitergehen. Kannst du nicht als Bürgermeister abtreten?", fragte Khaled.
„Dann wäre ich dauernd zuhause und du würdest mich verfluchen", antwortete Angelos.
„Nö. Wir hätten drei Mal am Tag Sex, außer mein alter Mann macht irgendwann schlapp!"
„Ich bin dreißig und keine achtzig. Außerdem bist du derjenige, der immer ‚Gnade' winselt", sagte Angelos.
„Weil wir gerade beim Thema sind", meinte Khaled und setzte den Hundeblick auf.
„Ah. Die Sonne macht ‚Seine Exzellenz' rollig", antwortete Angelos grinsend. „Na gut!"
Leider kam es nicht dazu.

Das Handy brummte.

„DAS GIBT'S DOCH NICHT", sagte Khaled laut und war erzürnt.

„Das Rathaus. Da muss ich ran!"

3

Es war Gabriel, Angelos' rechte Hand im Rathaus.

„Wir haben einen Anruf bekommen. Ein gewisser Nikos läge tot in einer Gasse in Kastro", sagte er.

Angelos knurrte: „Schon unterwegs".

„Komm, Khaled. Erektion einfahren, wir müssen los!"

„Super. Es ist keine zehn Minuten her, dass wir uns darüber gefreut haben, dass Ruhe herrscht", beschwerte sich Khaled.

Als Angelos und Khaled das Rathaus betraten, herrschte eine seltsame Stimmung. Die eine Hälfte der Beschäftigten lachte, die andere Hälfte hatte sich offensichtlich verdrückt.

Gabriel war in seinem Rollstuhl so tief nach unten gerutscht, dass er fast herausgefallen wäre.

„Was ist hier los?", fragte Angelos. „Raus mit der Sprache!"

„Du wirst mich im Hafen versenken", sagte Gabriel kleinlaut.

„Das wäre eine gute Idee", meinte Khaled, der mit Gabriel seine Probleme hatte.

„Und wieso?", fragte Angelos.

„Ja, nun. Äh, da liegt zwar ein Nikos in Kastro auf der Gasse, aber das ist kein Mensch!"

„Ja was nun? Ein Außerirdischer?", fragte Angelos genervt.

„Nein. Es ist der … Pelikan", antwortete Gabriel und zog den Kopf ein.

„Welcher Peli …, UNSER PELIKAN? Dieses dreckige, stinkende Vieh??"

Angelos wurde laut.

„Deswegen rasen wir hierher? Ruf die Müllabfuhr. Auf Wiedersehen", raunzte Angelos.

„Das wäre unklug. Persidis vom Hotelverband ist schon dort. Er war hier und hat getobt. Der Pelikan sei das …"

„ … Maskottchen der Insel. weiß ich. Ich bin schließlich der Bürgermeister. Der ganze Krampf mit dem Pelikan ist eine einzige Lüge. Bis in die 50er gab es überhaupt keinen Pelikan auf Mykonos. Das war ein Marketing-Gag, außerdem ist der jetzige nicht der originale. Man hat ihn schon drei Mal ausgetauscht. Logisch, kein Pelikan wird sechzig Jahre alt!"

„Das weiß ich auch, Angelos. Aber Persidis möchte dem Pelikan eine feierliche Seebe-stattung zukommen lassen. Brächte Mykonos in die Schlagzeilen", argumentierte Gabriel.

„Komm, Angelos. Ich hab noch nie einen Pelikan von der Nähe gesehen", sagte Khaled.

„Du wirst dir wünschen, es bliebe so. Das Vieh stank schon wie eine Müllkippe als es noch lebte.

Na gut, machen wir uns auf zum ‚Tatort'. Starb es eines natürlichen Todes oder war es eine Beziehungstat?", fragte Angelos in Richtung Gabriel, der erkannte, dass es eine rein rhetorische Frage war.

Angelos und Khaled gingen die Stufen hoch, vorbei am Restaurant „Niko`s", das immer voll war, egal zu welcher Uhrzeit. Bereits in der ersten Gasse, die zu Kastro gehörte, konnten sie den Pelikan sehen – und Persidis sowie einen Mann mit einem Smartphone, der offensichtlich ein Video aufnahm.

„ … fordern eine angemessene Verabschiedung unseres geliebten …", verstand Angelos.

„Das haben wir gleich", sagte Khaled, rempelte den zweiten Mann von hinten und das Smartphone zerschellte auf dem Boden.

„Oh, hoppla. Entschuldigung, bin gestolpert. Aber Herr Persidis schenkt Ihnen bestimmt ein Neues", sagte Khaled mit unschuldigem Blick.

Dann schaute er auf den Kadaver und verzog das Gesicht.

„Gott, das Vieh riecht wie eine Kloake. Und überhaupt dachte ich, Pelikane sind weiß!"

„Der hier nicht. Verdreckt und noch dazu aggressiv. Es gab haufenweise Beschwerden", antwortete Angelos.

„Wir müssen etwas tun!", sagte Persidis bestimmt!

„Ja, die Müllabfuhr holen", antwortete Angelos lapidar.

„Unser Maskottchen auf der Müllhalde? Das gibt es tolles Medienecho. Mykonier schmeißen Pelikan auf den Müll! Nein, wir brauchen eine Bestattung auf See mit allem Trara! Und einen neuen Pelikan! Und das ist alles Ihre Aufgabe, Herr Bürgermeister. Und der Meinung bin nicht nur ich!"

„Na gut. Dann bringen wir das Vieh zu Ihrem Hotel und Sie können es dann dort vor dem Eingang beerdigen. Falls Ihre Gäste den Gestank aushalten!" Angelos wurde zusehends laut. Bevor er ganz ausrastete, ging Khaled dazwischen.

„Guter Mann. Wie sie wissen, war ich einmal Kronprinz. Und als solcher habe ich vor etwa drei Jahren den Zoo in Fudscheirah eröffnet und dort hatten wir damals zwei Dutzend Pelikane. Ich bin mir sicher, dass man mir einen davon ausleiht. Dann machen Sie eine Begrüßungsshow und vergessen die Trauerzeremonie. Bei Ihrer Dankes-rede bedanken Sie sich bei dem Zoo und ausdrücklich beim Bürgermeister für dessen prompte Reaktion. Ich hoffe, wir haben uns verstanden", sagte Khaled und schaute dann Angelos an.

„*Jetzt* kannst du die Müllabfuhr rufen!"

Persidis stand da und brabbelte nur.

„Danke, äh, Kronprinz, Exzellenz, äh, Herr Nikakis!"

Khaled zog Angelos um die Ecke.

„Divide et impera. Teile und herrsche. Gib ab und zu einmal nach. Vor allem dann, wenn es um Pipifax geht", sagte Khaled lächelnd.

„Du hast recht. Danke für deine Hilfe und dein Eingreifen. Ich bin nun mal kein Politiker. Habe ich dir heute schon gesagt, dass ich dich liebe?", meinte Angelos.

„Nein, aber du kannst es mir nachher zeigen. Am besten zwei Mal", antwortete Khaled.

„Der geile Kronprinz!"

Angelos lachte.

Sie liefen an der kleinen Kapelle an der Uferpromenade vorbei. Agios Nikolaos.

„Ich war da noch nie drin", sagte Khaled und marschierte hinein.

Das gibt Ärger, dachte Angelos.

Im Inneren schaute Khaled vollkommen konsterniert.

„Das sieht aus wie in einem vollgestopften Antiquitätengeschäft in Kairo!"

Er hat nicht ganz unrecht.

„Und wo bitte knien die Gläubigen? Hier ist ja nur Platz für den Imam, äh, oder den Priester!"

„Draußen – vor der Kapelle", erklärte Angelos grinsend, denn er ahnte schon die Antwort.

„IM FREIEN? Reichte das Geld nicht für etwas Gescheites? Seltsames Land!"

Unbemerkt war die alte Mitsos in die Kapelle gekommen, um eine der bleistiftdünnen Kerzen anzubrennen.

„Herr Bürgermeister. Ihr Mann ist doch Moslem. Er entweiht unsere Kirche. Außerdem sind alle Moslems Bombenleger!"

Sie hatte es zwar leise gesagt, dennoch: Khaled hatte es gehört.

„Hör mal, Muttchen. Ich lasse gleich die Hose runter, dann siehst du meine Bom…!"

Weiter kam Khaled nicht, denn Angelos hatte ihn nach draußen gezogen.

„Jetzt sind wir quitt in Sachen Ungeschick", sagte er, schmunzelte aber. Khaleds Unverständnis für die westliche Welt war ein Quell des Amusements. Und nebenbei: manchmal hatte er recht.

Die beiden liefen am Mavrogenous-Denkmal vorbei, in Richtung Parkplatz, als wieder das Handy brummte.

Das Rathaus.

„Wenn er wieder mit dem Pelikan anfängt, drehe ich ihm den Hals um!"

„Bitte gern. Dann hört er wenigstens auf, dich anzumachen", knurrte Khaled.

„Kein Pelikan", meldete sich Gabriel. „Eine Kinderleiche, unterhalb der Windmühlen! Ich habe schon zwei Mann hingeschickt!"

Stille.

„Ruf die Feuerwehr. Sie sollen den Sichtschutz mitbringen. Und den Krankenwagen", sagte Angelos.

„Eine richtige Leiche", sagte er zu Khaled. „Los!"

Die beiden rannten zurück nach Kastro, durch die Bar hindurch zu dem Weg, der hinunter zum kleinen Strand neben den Bischofskirchen führte. Khaled würde sie als geschrumpfte Hütten bezeichnen. Und wie befürchtet standen bereits gut hundert Touristen herum. Achtzig davon hielten ihr Smartphone hoch. Eine Leiche, sogar eine Kinderleiche, im eigenen Instagram-Account – ein Traum!

Angelos schüttelte angewidert den Kopf. Was ist nur los mit den Menschen?

„SOFORT ALLE HANDYS AUS", brüllte er.

Er griff zu seinem Handy und rief Nikos, den Feuerwehrkommandanten an.

„Nikos. Bring einen Schlauch mit!"

Nikos wusste warum.

„Diese Idioten zertrampeln sämtliche Spuren", knurrte Angelos, aber da kam die Feuerwehr schon im Eiltempo an.

„Alle zurück. Ich will niemand hier unten sehen", schrie Angelos, während Nikos den Schlauch verlegte. Erwartungsgemäß blieb die Hälfte der Gaffer stehen.

„Nikos. Wasser und dann die Planen", sagte Angelos.

Erst jetzt konnten Angelos und Khaled die Leiche richtig sehen.

„Oh Gott, ein Kind", rief Khaled.

Es waren eher die Reste eines Kindes.

„Die Verletzungen. Schau sie dir an! Fische?"

Das war zwar nicht abwegig, denn selbst kleinere Fische können eine Leiche übel zurichten, aber das waren andere Verletzungen.

Solche, die Angelos aus eigener Erfahrung kannte. Er kniete sich hin. Es war ein Mädchen.

„Tausend Euro, dass es vergewaltigt wurde. Getrocknetes Blut zwischen den Beinen und am Rektum. Und das hier sind Brandwunden!"

Das Kind lag auf dem Bauch und war fast unbekleidet.

„Khaled …"

„Ich weiß. Körperkondom, Handschuhe, Pinzetten und Ampullen", antwortete Khaled und wollte Richtung Rathaus rennen.

„Nein, mein Prinz. Das ist sinnlos. Sag mir, warum!"

Es war erst der dritte Fall, an dem Khaled mitarbeitete. Aber Angelos merkte bald, dass Khaled sich Dinge schnell aneignen konnte. Außerdem hatte er den Ehrgeiz, den Beruf des Ermittlers zu erlernen. Stundenlang saß Khaled am

Notebook und lernte. Vorgehensweise. Forensik. Verhörtaktik.

„Äh, warte. Der Fundort ist nicht der Tatort, oder?"

„Richtig. Und die Spuren rund herum sind durch das Wasser längst beseitigt – oder zertrampelt. Bedeutet?"

„Zeugen oder Kameras?", fragte Khaled.

„Die Leiche ist angespült worden. Nicht hierhergebracht. An den Schuhen ist Tang. Sie kommt aus dem Wasser", sagte Angelos.

„Und was machen wir jetzt, mein Prinz?"

„Wenn das arme Ding vergewaltigt wurde, könnten noch Hautpartikel unter den Fingernägeln sein oder vielleicht Spermaspuren", meinte Khaled.

„Fingernägel stimmt. Sperma im Rektum oder in der Vagina unwahrscheinlich. Warum?"

„Mein Gott, das ist ja schlimmer als beim Koranunterricht. Lass mich überlegen. Beim Tod erschlaffen alle Muskeln. Rektum und Vagina öffnen sich und das Wasser spült alles weg!"

Angelos nickte - und strahlte.

„Perfekt. ‚Kommissar Kronprinz' kann bald ohne mich ermitteln!"

„Ja schon, aber für den Sex brauche ich dich noch", sagte Khaled trocken.

Angelos lachte los.

Ich liebe ihn schon allein wegen seines Humors, dachte er.

„Gut. Holen wir die Bahre und dann ab in die Klinik – zu diesem Rindvieh", sagte Angelos.

„Keine Sorge. Den stutze ich schon zurecht", antwortete Khaled.

4

Die Hygeia-Klinik war Mykonos´ größte Klinik – und hatte vierzehn Betten. Natürlich gab es auch einige private Hospitäler für vermögende Bewohner. Doch in der Regel ließen die sich ohnehin vom verstauchten Knöchel aufwärts mit dem eigenen Hubschrauber ausfliegen. Oder mit dem Jet.

Aber „Hygeia" war die einzige Klinik mit einem Kühlraum. Eine Art provisorischer Pathologie. Leichen nach Athen zu bringen, war schwierig. Ein Flug zu teuer, die Fähre brauchte zu lang und bei allem spielte die Hitze eine große Rolle. Angelos hatte bei seinem ersten Fall den leblosen Körper mit der Fähre nach Rafina transportieren lassen. Dafür erntete er einen Wutausbruch des Athener Pathologen. Im Bauch der Fähre war die Leiche regelrecht gekocht worden.

Also traf Angelos die Vereinbarung, grobe Obduktionen in der Klinik vor Ort durchführen zu können. Der frühere Leiter, Dimitriadis, war zwar kein ausgewiesener Pathologe, aber dennoch kompetent.

Sein Nachfolger, André Silva, Grieche mit portugiesischen Wurzeln, war bei seinem Antritt Anfang dreißig und hatte noch nie mit einer Leiche zu tun. In einer Klinik lebt man – oder man kommt sofort weg.

André hatte schlicht keine Ahnung und lag bei seinen Befunden regelmäßig daneben. Was ihn aber in den Wahnsinn trieb, war, dass Angelos Nikakis mit seinen Vermutungen meist Recht hatte. Noch schlimmer: Angelos war mit Alex verheiratet. Und André war unsterblich verliebt in Alex – die Liebe wurde nicht erwidert – daher war Angelos der Todfeind. Selbst jetzt, nach Alex´ Tod, konnten sich die beiden nicht ausstehen, womit wir wieder bei der Pathologie angekommen wären.

Der Krankenwagenfahrer bugsierte die Rollbahre durch die Schwingtüre und fuhr – zusammen mit Angelos und Khaled – nach unten.

„Äh, müssen wir uns nicht melden?", fragte Khaled.

„Natürlich. Wäre das hier eine Klinik mit fähigem Chefarzt", knurrte Angelos.

„Schön kühl, aber etwas muffig", stellte Khaled fest, als sie im Kühlraum standen. Mehr als eine Leiche passte nicht rein. Was auf Mykonos reichte. Und natürlich hatte André durch das Bürofenster gesehen, dass er einen – wenn auch leblosen - Neuzugang bekommen hatte.

„Ah, der Herr Bürgermeister. Und sein neuester Ehemann. Passen Sie auf, junger Mann. Angelos´ Ehemänner leben nicht lang!"

Noch bevor Angelos explodieren konnte, hatte Khaled André schon am Wickel.

„Jetzt hör mir genau zu, du Buschdoktor. Alex wollte Angelos und nicht dich. Dafür kann Angelos nichts. Und am Tod Alex´ ist er nicht schuld. Du kannst dir noch jahrelang in die Tasche lügen, mir egal, aber Angelos ist der hiesige Kommissar und Bürgermeister. Du zollst ihm ab sofort den angemessenen Respekt oder ich mache bei dir eine Darmspiegelung mit Steigrohr.

HAST DU MICH VERSTANDEN?", brüllte Khaled und schüttelte André.

Es kam ein verschrecktes „Ja".

„ICH HABE DICH NICHT VERSTANDEN!!", hakte Khaled nach.

„JA DOCH!"

Angelos hatte nichts gesagt, er war baff. Alex´ Kommentar war immer nur „Ach, der ist halt verliebt. Vergiss es!". Dass Khaled so vehement dagegenhielt, rührte ihn.

Er sagte zu Khaled:

„Und jetzt pass auf" – und zog das Laken weg. André wurde zunächst grün und dann weiß im Gesicht. Dann rannte er zum Waschbecken und übergab sich.

Angelos schmunzelte. Es war immer das Gleiche. Der Herr Doktor konnte keine Leiche sehen.

Als André sich wieder gefangen hatte, sagte er: „Ein Kind! Mein Gott. Also, Herr Kommissar. Ihre eigenen Erkenntnisse sind…?"

„Acht bis zehn Jahre alt. Dammriss und rektale Blutungen, also doppelte Vergewaltigung. Folterspuren, wahrscheinlich Zigarettenkippen. Fesselspuren an den Armen. Aber keine tödliche Gewalteinwirkung. Kein Einstich oder Schussloch, auch der Schädel unauffällig. Ich vermute, das arme Ding ist verblutet und dann hat man es entsorgt", sagte Angelos.

„Wie kann ein Mensch …", begann André, aber Angelos sagte gleich:

„Der Mensch ist eine Bestie. Nur Erziehung und Charakterbildung halten sie im Zaum!"

„Weißt du schon, wer sie ist? Die armen Eltern", stellte André fest.

„Das Mädchen hat eine tiefbraune Hautfarbe, so wie Khaled. Keine Griechin, vielleicht arabisch. Könnte ein Flüchtlingskind sein. Aber sie ist bestimmt nicht bei der eigentlichen Überfahrt vergewaltigt worden. Zu wenig Platz auf dem Boot und vor allem: das war ein Täter, der Spaß daran hatte. Die Angst, dann die Folter und als Peak die Vergewaltigung. Kein Szenario eines Triebtäters. Außerdem vergewaltigen die selten rektal bei Mädchen!"

André schwieg. Es war – leider – alles schlüssig.

„Und was soll ich jetzt tun?"

Khaled lief wieder rot an, doch André hob abwehrend die Hand.

„SORRY. Das war nicht despektierlich gemeint. Ich möchte nur wissen, was ihr braucht!"

„Hautpartikel unter den Fingernägeln, wenn noch welche da sind. Haare für die DNA. Fingerab- drücke. Und einen Bluttest!"

„Glaubst du, sie ist vergiftet worden?", fragte André.

„Nein. Aber vielleicht wurde sie wenigstens sediert. Wenn nicht, werde ich …. was macht man mit solchen Tätern bei dir?", fragte Angelos Khaled.

„Köpfen und Steinigen. Natürlich andersherum", antwortete Khaled.

„Kannst du noch ein paar Fotos machen?", fragte Angelos André. Der Tisch hatte einen Aufbau mit Kameraschiene.

„Gesicht frontal, Finden wir tatsächlich Eltern, reicht das Gesicht zur Identifizierung. Das hier sollten sie nicht sehen. Danke, komm Khaled!"

Als die beiden die Klinik verließen, nahm Angelos Khaled in den Arm.

„Danke. Ich kann mich zwar selbst verteidigen, aber es ist schön, wenn du es machst. Das war jetzt der zweite starke Auftritt heute. Ich denke, ich mag dich und ich ziehe eine Heirat ernsthaft in Betrachtung", sagte Angelos und lachte.

Der Klaps auf den Hinterkopf folgte sogleich. Khaled grinste.

„Ha! Von wegen mögen. Du liebst mich. Was du auch solltest. Schließlich habe ich Monate gewartet, bis der gnädige Herr sich meiner erbarmt hat!"

„Gut. Der gnädige Herr liebt Seine Exzellenz, den Herrn Kronprinzen. Zufrieden?", fragte Angelos.

„Wie schon vorhin gesagt: du könntest es mir zeigen. Und nach dem hier am Besten drei Mal", sagte Khaled.

„Am Stück?", fragte Angelos. „Du wirst winseln und um Gnade flehen!"

„Oh ja, bitte", sagte Khaled mit dem berüchtigten Hundeblick.

5

Bogdan schaute auf den Monitor und verzog das Gesicht.

„So ein Arschloch", murmelte er vor sich hin.

Der Kunde weinte hemmungslos.

Ja genau, erst ein Kind schlagen, foltern und vergewaltigen – und dann hinterher in Tränen ausbrechen. Wahrscheinlich bittet er gerade Gott um Vergebung. Na, da findet er sicher wenig Gehör, so es denn einen Gott gäbe. Und was wir hier tun, ist der ultimative Gottesbeweis: es gibt ihn nicht. Oder er sieht weg, was auch nicht besser ist. Bogdan sah, dass sich der Kunde ankleidete. Der Raum hatte einen separaten Zugang, so gingen sich Hausherr und Kunde nach dem Geschehen aus dem Weg.

Bogdan schaute auf dem Monitor, wie es wohl um das Kind bestellt war.

„Oleg, das Studio ist jetzt frei. Säubern und abtransportieren. Aber dieses Mal richtig. Du achtest genau auf die Strömungskarte!", sagte Bogdan in sein Headset hinein.

„Ok, Boss", hörte er.

Noch so ein Patzer wie vorgestern und Oleg würde folgen, aber mit einer Kugel im Kopf.

Wie kann man eine Leiche nur dort entsorgen, wo die Strömung den Körper wieder zurück an Land bringt? Okay, Oleg war ein Landei aus … woher ist er eigentlich? Dagestan? Turkmenistan? Irgendein Istan, dachte Bogdan.

Dieser trottelige Kunde hätte beinahe die ganze Live-Übertragung geschmissen. Gott sei Dank hatte Bogdan rechtzeitig abgeschaltet, sonst hätten die Zuschauer den Heulkrampf mitbekommen. Und jemand, der Reue zeigt (oder vorgibt) – das wollen unsere Abonnenten nicht sehen. Es erinnert sie eventuell an den Rest Menschlichkeit in sich selbst, sollte davon überhaupt noch etwas übrig sein.

So – jetzt zu den erfreulichen Dingen, dachte Bogdan und tippte auf der Tastatur herum.

Er konnte kaum glauben, was er dort sah.

6.112 Kunden, die das Live-Ticket gebucht hatten. Für 400 Euro.

Eine viertel Million Euro in einer Stunde. Und das bei der allerersten Übertragung. Der Chef war zunächst skeptisch, aber Bogdan hatte ihn überzeugt.

„Wir können drei Mal kassieren. Der eigentliche Kunde, die Bilder und die Live-Übertragung. Dazu käme noch ein Download- oder Streaming-Dienst. Das sind ganz neue Perspektiven", versuchte Bogdan den Chef zu überzeugen.

Der hatte Bedenken.

„Und wenn irgendjemand Kind oder Täter erkennt? Es reicht ein dämliches Tattoo!", wand der Chef ein.

„Der Kunde ist maskiert. Das Kind ist geknebelt. Beide werden vorher gecheckt auf körperliche Kennzeichen. Tattoos oder Narben werden mit Filmschminke abgedeckt!"

Zögerlich gab der Chef sein Einverständnis zu einem Probelauf. Bogdan konnte nur kurz Werbung für das Event machen, aber der Kundenkreis war gut organisiert. Perverse sind besser verlinkt als Regierungen. Und selbst auf

Diskretion bedacht. Man achtet penibel auf das Verhalten neuer Aspiranten. Die Polizei hatte sich ins Darknet vorgearbeitet und spielt munter mit, bis doch einer einen Fehler macht.

Aber die Zurückverfolgung ist ein Ding der Unmöglichkeit. Auch die Bezahlung per Bitcoin barg kein Risiko.

Noch besser gewählt war aber die Lage des Studios. Keiner würde es hier vermuten. Eine geniale Idee des Chefs.

Bogdan wurde schwindlig bei dem Gedanken, dass die Zuschauerzahlen nach der erfolgreichen Premiere deutlich steigen würden. 500.000 Euro lägen durchaus im Bereich des Möglichen – und dies bei niedrigen Materialkosten.

Man muss für den Krieg dankbar sein, dachte Bogdan. Wieder schaute er auf den Bildschirm. Das Studio war geräumt und das Putzkommando kam gerade rein. Das bestbezahlte Housekeeping der Welt. Menschen müssen etwas zu verlieren haben, sonst sind sie unzufrieden und: plaudern. Und nicht immer kann man sie rechtzeitig aus dem Verkehr ziehen.

Bogdan verscheuchte die Bedenken in seinem Kopf. Freu dich, sagte er zu sich selbst.
Er öffnete die Balkontüre.
Mein Gott, was für ein Ausblick.
Gibt es etwas Schöneres als Mykonos?

6

Am nächsten Morgen staunte Kommissar Angelos Nikakis. Das Laborergebnis und die Abdrücke waren schon da.

„Ich glaube, dein Donnerwetter hat gewirkt. Normalerweise braucht André drei Tage", sagte Angelos zu Khaled.

„Wahrscheinlich hat er Angst, dass er geköpft wird. Schließlich bin ich Moslem *und* Araber!"

„Ein sauberer Moslem. Mit einem Mann verheiratet und Bondage-Fan. Allah wäre entsetzt!", antwortete Angelos lachend.

„Und? Glaubst du dein Metropolit wäre begeistert, wüsste er, dass der griechisch-orthodoxe Kommissar jede Nacht seine Schranke ausfährt?", erwiderte Khaled.

„Der geht an dich. Kein Betäubungsmittel im Blut. Armes Kind. Lässt du die Abdrücke durchlaufen?", fragte Angelos. „Obwohl das sicher nichts bringt, weil?"

„Ich soll beim ersten Espresso Lehrsätze aufsagen?", knurrte Khaled.

Angelos lächelte und strich Khaled übers Haar. „Du hast recht. Ich bin vor dem dritten auch zu nichts zu gebrauchen!"

„Weil bei Kindern die Abdrücke sich bis 14 Jahre noch verändern können. Außerdem gibt es fast keine Vergleichsdaten in den Datenbanken. Bei Vermisstenfällen verwendet man meist DNA. Dumm, weil die DNA mindestens zwei Wochen dauert. Bekomme ich ein Fleißpünktchen?", fragte Khaled.

„Ich ahne wofür du sammelst", sagte Angelos und grinste.

Sie wurden unterbrochen durch ein lautes „Ping". Beide starrten verwundert auf den Monitor. Das Bild war stehengeblieben und zu lesen war: „One match. 98 Prozent".

„Das gibt's doch nicht", sagte Angelos und setze sich an das Notebook.

„Samira Faraq, 8 Jahre, Wohnort Moria!"

„Das Lager Moria auf Samos?", fragte Khaled.

„Lesbos", korrigierte Angelos.

„Dann halt Lesbos. Könnt ihr diese tausend Inseln nicht durchnummerieren?", schlug Khaled vor. Angelos lachte.

„Möchtest du als Adresse ‚Insel 142' haben?"

„Wäre mir egal, Hauptsache, du bist auf dieser Insel!", gefolgt von dem erwartbaren Hundeblick.

„Mein arabischer Schleimbolzen", erwiderte Angelos grinsend. „Aber es klingt immer verdammt gut. Kein Wunder, dass ich auf diese Masche hereingefallen bin!"

„Tja, ich bin die sogenannte Anus-Falle", erwiderte Khaled und lachte.

„Aber zurück zur Arbeit. Faraq ist nicht ihr richtiger Nachname. Die meisten Kinder kennen ihren Familiennamen nicht oder haben ihn durch die Kriegswirren vergessen. Dann bekommen sie einen Allerweltsnamen wie bei euch Papadopoulos oder Smith in England. Jedenfalls war das bei uns so!"

„Ihr habt syrische Flüchtlinge aufgenommen? Wusste ich gar nicht", sagte Angelos.

„Na ja, es waren zwölf", antwortete Khaled kleinlaut.

„Wie edel. Aber die eigentliche Frage ist: das Kind war nicht mehr auf der Flucht. Es war in einem Flüchtlingslager registriert und das auf Moria ist abgeriegelt. Da kommt man nur mit Passierschein rein und raus. Und Kinder bekommen keinen!"

„Auch nicht gerade der Gipfel der Humanität", wand Khaled ein.

„Aber denk mal an die Menschen auf den Inseln. Auf Lesbos ist der Tourismus tot. Die Leute kommen einfach nicht mehr. Sie glauben, die ganze Insel sei ein Lager. Und auf Samos ist es nicht besser. Hinzu kommt, dass wir auf den Inseln nur kleine Krankenhäuser haben. Für ein kleines Land ist das zu viel. Aber ich sehe es aus der Sicht eines Bürgermeisters. Ich möchte nicht mit dem Kollegen auf Lesbos tauschen", sagte Angelos.

„Was ich überhaupt nicht verstehe. Warum gibt es auf Mykonos keine Flüchtlinge? So weit ab liegt Mykonos auch nicht". meinte Khaled.

„Nächste Frage", lautete Angelos´ knappe Antwort.

Khaled lachte.

„Was für eine Sauerei hast du mit Migiakis ausgehandelt?", fragte Khaled.

Antonis Migiakis war der griechische Premierminister, ein enger Freund von Angelos und Khaled.

„Ich hätte das mit der Kommissar-Ausbildung bleiben lassen sollen. Du bist schon fast so lästig wie ich", knurrte Angelos.

„Ich höre!", insistierte Khaled.

„Die Marine sichert das Festland, vor allem Athen und Rafina. Angeblich, um die Flüchtlinge zu schützen, weil sie die Hauptschifffahrtsroute queren und von Tankern oder Containerriesen gerammt werden könnten!"

„Du hast meine Frage immer noch nicht beantwortet. Da merkt man den Politiker in dir. Mykonos ist kein Festland. Also?"

Khaled blieb hart.

„Also gut: ich habe Migiakis gebeten, auch Mykonos abzuriegeln. Wo sollte ich hier Flüchtlinge unterbringen?", sagte Angelos.

„Gebeten oder genötigt?", fragte Khaled.

Angelos grinste nur.

„Aber zurück zum Thema: wie kam das Kind aus Moria heraus und vor allem – nach Mykonos. Zufällig auf Lesbos aufgegriffen? Geht nicht. Aus dem Lager geflüchtet? Warum sollte sie? Von der Insel kommt sie nicht weg!"

„Du meinst: jemand hat sie aus dem Lager entführt?", fragte Khaled.

„Na ja. Ich bin sicher, dass niemand das Mädchen vermisst. Wahrscheinlich hat sie keine Eltern mehr und für Zählappelle haben die in Moria keine Zeit", vermutete Angelos.

„Nachfragen müssen wir trotzdem", sagte Khaled.

„Natürlich. Aber zuerst rufe ich den Bürgermeister auf Lesbos an. Der weiß eher, was sich um das Lager tut!"

„So wie der Bürgermeister von Mykonos alles weiß, was auf der Insel passiert?", fragte Khaled.

„Wenn du weiterhin so frech bist, stelle ich dich bei Ebay ein", sagte Angelos und grinste.

Dabei war das genau der Grund, warum Angelos Nikakis Khaled immer mehr liebte. Khaled war frech und witzig. Die anfängliche Befürchtung,

Khaled würde ihn anhimmeln, war verflogen. Sehr zu Angelos´ Freude.

7

Ein Papadopoulos, Nikos, war Inselbürgermeister von Lesbos und mit ihm kam Angelos gut aus.

„Nikakis", meldete er sich.

„Mit dir Saukerl telefoniere ich nicht", knurrte Papadopoulos.

„Warum? Womit habe ich dich geärgert?", fragte Angelos unschuldig.

„Mit was hast du Migiakis bestochen, dass du keinen dieser Schnorrer abkriegst?"

Papadopoulos machte seinem Namen alle Ehre. Der frühere Diktator gleichen Namens hatte ähnliche politische Ansichten.

Allerdings war Angelos so fair, zuzugeben, dass er in vergleichbarer Lage vielleicht genauso reden würde. Nein, wohl eher nicht.

„Die Schnorrer wollen auch nur leben, Nikos. Und auf alle verteilt, würden sie gar nicht auffallen!"

„Das glaubst du wirklich? Dann komm mal zu uns rüber. Du bekommst eine kostenlose Führung. In Moria wird zwangsverheiratet. Es wird eingebrochen. Die Anwohner bewaffnen sich und werden noch von Nazis aufgehetzt! Davon hat man auf Mykonos natürlich keine Ahnung. Dauerparty. Und Millionen Einnahmen, während mir hier alles wegbricht. Dreißig Prozent Rückgang bei den Umsätzen seit Beginn dieser Katastrophe. Und Athen nimmt uns niemand ab. Wenn sie sie wenigstens im Land verteilen würden!"

„Das will man nicht, weil man in den anderen Provinzen Ruhe will. Wärst du lieber türkisch?", fragte Angelos.

Lesbos lag direkt vor der türkischen Küste. Papadopoulos knurrte etwas Unverständliches.

„Na also. Dich hätte der König von Ankara schon längst eingebuchtet. Dass wir hinter dem Sperr-riegel der Marine liegen – dafür kann ich nichts", fügte Angelos hinzu.

„Da hört man aber anderes. Der Marineminister hat mir erklärt, er könne den Verlauf dieses Riegels nicht erklären. Er habe nur die Anweisung des Premierministers befolgt", sagte Papadopoulos.

„Die allein auf sachlichen Gründen beruht", erklärte Angelos, der mit größter Mühe ein Lachen unterdrückte.

„Man hört, der Alte ist aufs andere Ufer geschwommen. Sein Liebhaber bist nicht zufällig du?", fragte Papadopoulos.

„Ich bin verheiratet, Nikos!"

„Pah. Das bin ich auch. Natürlich mit einer Frau, wie es sich gehört. Und ich gehe dauernd fremd", sagte Papadopoulos.

„Das würde ich bei deiner Frau auch", antwortete Angelos und beide brachen in Gelächter aus.

„Und was will der größte Gauner unter den Bürgermeistern der Kykladen?", fragte Papadopoulos spitz.

„Bei uns wurde eine Leiche angeschwemmt", sagte Angelos.

„Na, dann hast du wenigstens *einen* Flüchtling", ätzte Papadopoulos.

„Es ist ein Mädchen, acht bis zehn Jahre alt, gefoltert und vergewaltigt. Kein Anlass für Scherze", entgegnete Angelos.

„Oh. Aber was hat das mit mir zu tun?"

„Die Fingerabdrücke des Mädchens ergaben einen Treffer. Sie war Bewohnerin von Moria!"

Stille.

„Mist. Hast du mit denen schon gesprochen?"

„Nein", sagte Angelos.

„Das kannst du auch gleich lassen. 15.000 Flüchtlinge und 80 Mann Personal. Ohne die freiwilligen Kräfte und die NGOs hätten wir schon Hungertote und eine Rebellion. Wenn die sich zusammentun und die Zäune stürmen, dann brennt Lesbos!"

„Heißt: ein verschwundenes Mädchen interessiert die nicht!"

„Nein. Man freut sich eher darüber", knurrte Papadopoulos.

„Und Athen schaut zu?", fragte Angelos, kannte aber die Antwort schon.

„Natürlich. Man WILL es so. Entweder andere Staaten nehmen sie auf – oder sie verrecken hier oder werden verrückt!"

„Aber es sind Kinder", warf Angelos ein.

„Und? Zwei Länder haben ein paar Dutzend übernommen. Deutschland und Luxemburg! Und es wird sich nichts ändern, solange der Idiot Stavrakis das Sagen hat!"

„Stavrakis?"

„Der Herr Flüchtlingskoordinator vom Innen-ministerium. Bringt nichts zustande. Außerdem glaube ich, dass so manche Gelder diese Insel hier nicht erreichen, sondern auf die Caymans umgeleitet werden", sagte Papadopoulos.

„Was in Athen nicht Neues wäre", knurrte Angelos. „Kurzum: es wäre also kein Problem, Kinder aus dem Lager zu holen?"

Papadopoulos lachte.

„Da reicht ein Snickers!"

„Und Migiakis macht nichts?"

Papadopoulos lachte.

„Stavrakis gehört zur Partei seines Reigerungspartners! Da hilft es auch nichts, wenn du ihm das Rektum hochkriechst!"

„Idiot", sagte Angelos und drückte das Gespräch weg.

8

Das anschließende Telefonat bestätigte Angelos´ Befürchtungen und Papado-poulos´ Vorhersage: in der Verwaltung des Lagers interessierte sich niemand für das Verschwinden des Mädchens. Und auch bei den NGOs stieß er auf kein großes Interesse.

„Herrgott. Wenn die das nicht mal registrieren, fiele das auch nicht auf, wenn zwanzig Kinder auf einmal verschwinden", schimpfte Angelos.

„Sollten wir hinfliegen?", fragte Khaled.

„Ohne irgendeinen Anhaltspunkt? Sie hatte keine Eltern. CNP, Child no parents!"

„Aber irgendwas müssen wir tun!"

„Ja, schon. Es juckt mich, Migiakis anzurufen, und ihn zu fragen, was diese Vetternwirtschaft soll. Er ist der Einzige, der Druck machen könnte. Oder wir gehen an die Öffentlichkeit. Aber die Medien behandeln das Thema nicht mehr. Wäre es ein griechisches Kind, wäre es die Headline des Tages! Lass mich überlegen, Khaled", sagte Angelos.

Aber zum Überlegen kam Kommissar Nikakis nicht mehr. Das Handy brummte.

„Agia Anna. Uno Bambino!", rief die aufgeregte Stimme.

9

Agia Anna war der Mini-Strand zwischen Kalo Livadi und Kalafati. Und fest in den Händen von Italienern, denn dort stand ein Hotel, das von einem Römer geleitet wurde. Sehr zum Missfallen der Griechen, im Besonderen für Angelos Nikakis war die Anlage ein Geschwür. Die Italiener herrschten über Agia Anna wie über eine Kolonie, vom Valet-Pauking bis zur Strandbar war alles fest in deren Hand. Das ist noch immer eine griechische Insel, hatte Nikakis den fetten Römer angebrüllt, als es wieder einmal zu unschönen Szenen am Strand gekommen war. Am längeren Hebel saß der Bürgermeister und so hatte Angelos die Reparatur der Wasserleitung vorgezogen, die zufälligerweise direkt unter der Zufahrt lag.

„Ja, nun, möchten Sie ein Hotel ohne Wasser betreiben?", hatte Angelos gefragt. Das Verhältnis war angespannt und so ließ sich der dicke Römer nicht blicken, als die Herren Nikakis auf dem Parkplatz eintrafen.

„Ah, Commissario, ecco", rief einer der Parkwächter. Sie gingen hinunter zum Strand, wo schon die unvermeidliche Traube herumstand.

„Hör mal, Giuseppe. Was heißt ‚Verpisst euch' auf Italienisch?", knurrte Angelos.

„Ich heiße Marco", sagte der Wächter.

Falsche Antwort.

Khaled räumte die Touristen einfach aus dem Weg und zeigte sein grimmigstes Gesicht.

„Er ist Moslem und zwar ein zorniger", sagte Angelos laut. Natürlich rechneten die Strandgäste damit, von einer Gürtelbombe mit Rasierklingen zerfetzt zu werden, also rannten sie alle weg.

„Non e gentile", sagte Marco.

„Polizia ist auch in Italien nicht gentile. Vor allem, wenn sie am Strand eines Mafiosos steht", antwortete Angelos.

Wieder ein Kind. Dieses Mal ein Junge.

Schon auf den ersten Blick konnte Angelos die Striemen und dunklen Flecke auf dem Rücken sehen. Die unteren Partien waren mit einer Art Tuch umwickelt, aber Angelos ahnte schon, was sie dort finden würden.

Das unterschiedliche Geschlecht der Opfer ließ die These vom einzelnen Triebtäter zusammenklappen. Aber der Unterschied bestand nicht nur darin, dass dieses Opfer ein Junge war. Angelos war sich sicher: das Kind war kein Flüchtling, es könnte sogar ein griechischer Junge sein.

10

Oleg lag auf dem Boden und stöhnte. Der Schlag in den Magen und der Tritt in die Nieren hatten ihn umgehauen.

Noch schlimmer aber war Bogdans Gebrüll.

„DU DÄMLICHER IDIOT! Was hat der Trottel in Athen sich nur gedacht, als er dich geschickt hat?"

Der Trottel? Du meinst den obersten Chef, dem du sonst quer in den Arsch kriechst, dachte Oleg. Nach oben katzbuckeln, nach unten treten. Aber Oleg sagte nichts zu seiner Verteidigung, denn er wusste, dass er tatsächlich Fehler begangen hatte.

„Ein griechischer Junge! Ja bist du vollkommen hirnrissig? Das ganze Land wird in Aufruhr sein. Du solltest vier Flüchtlinge holen – was ist daran so schwierig? Kannst du Griechen und Araber nicht auseinanderhalten? Herrgott! Und dann warst du wieder zu blöd, die Leiche korrekt zu entsorgen.

Soll ich vielleicht das nächste Mal mit hinaus-
fahren und ‚jetzt' schreien?"
Bogdan redete sich wieder in Rage.
Dafür konnte Oleg in diesem Falle nichts dafür. Ein
Fischernetz, besser gesagt, ein verbotenes
Schleppnetz hatte die Leiche vom Meeresboden
gerissen und in die Strömung bugsiert.
Und so landete der kleine Junge in Agia Anna.
„Steh auf, du Idiot!"
Bogdan setzte sich wieder an seinen Schreibtisch.
„Geh runter und hol Nummer vier!"
Oleg schaute verdutzt.
„Aber heute kommt doch kein Kunde!"
Bogdan grinste.
„Nummer 4 ist für dich. Ich mag es, wenn
Menschen etwas zu verlieren haben. Das erhöht
die Loyalität!"
„Ich soll …? Das kann ich nicht", sagte Oleg
„Und wie du das kannst. Du solltest es auch, sonst
wanderst du als Nächstes ins Meer!"

11

Bei der Leichenschau wollte Richter Mantzaris unbedingt dabei sein. Allerdings erst, nachdem Angelos erwähnt hatte, dass es sich um ein griechisches Kind handeln könnte. Bei der ersten Leiche hatte Mantzaris auf die Anwesenheit verzichtet.

Klar, dachte Angelos. Ein griechisches Kind würde zu landesweiter Aufmerksamkeit führen, ein arabisches Kind bliebe eine Kurznotiz, wenn es denn überhaupt erwähnt würde.

„Nicht einmal im Tod sind die Menschen gleich", sagte Angelos.

„Tja, arabische Kinder sind anonyme Massenware, die man nur loswerden will", antwortete Khaled.

„Tut mir leid", sagte Angelos.

„Bist du Griechenland oder Europa? Im Übrigen haben die reichen Staaten Arabiens ja auch kein Interesse an den Kindern!"

„Was hast du vorher gesagt? Was sind arabische Kinder?", fragte Angelos.

„Anonyme Massenware", wiederholte Khaled. Angelos dachte nach.

„Was hast du?", fragte Khaled.

„Mein Prinz, ich vermute, damit hast du das Geschäftsmodell treffend beschrieben. Zwei Kinder verschiedener Herkunft, verschiedenes Geschlecht, aber die gleichen Missbrauchsspuren. Das scheint mir …"

In diesem Moment betraten Chefarzt André und Richter Mantzaris den Raum.

Angelos griff nach dem Abfalleimer.

Als er das Tuch herunterzog, rannte André – erwartungsgemäß – zum Waschbecken. Und der würgende Richter bekam den Abfalleimer.

„Grundgütiger", stöhnte Mantzaris.

„Das arabische Mädchen sah nicht besser aus", knurrte Angelos, um Mantzaris zu ärgern.

„Ich hatte eine Magen-Darm-Grippe!", rechtfertigte sich Mantzaris.

Na klar, dachte Angelos.

„Gleiche Verletzungen, außer natürlich den vaginalen. Dafür ist das Rektum total zerfetzt!"

„Was sind das für Löcher im Rücken?", fragte Mantzaris.

„Eine Nagelpeitsche", sagte Angelos. Er kannte das Utensil. Er hatte die Wirkung selbst erleiden müssen bei seiner Vergewaltigung.

„Welch krankes Hirn tut so etwas?", fragte Mantzaris.

„Du glaubst, das sind eine Handvoll Gestörte? Da täuschst du dich. Durch das Internet haben sich die Herren gefunden und ein weltweites Netz aufgebaut. Millionen von pornographischen Bildern, Videos, auf denen Vergewaltigungen zu sehen sind. Da hängen Tausende zusammen, die das gleiche ‚Hobby' teilen!"

„Ich konnte dieses neumodische Zeug noch nie leiden", knurrte Mantzaris. „Du vermutest, der arme Junge ist Grieche. Warum?"

„Schau auf den Brustkorb", sagte Angelos.

„Was soll da sein?"

„Nimm die Lupe"

„Das sieht nach einem kleinen Kreuz aus", sagte Mantzaris.

„Jup. Eine Halskette, unter der die Haut nicht so gebräunt ist. Kettchen mit Kreuz sind bei Orthodoxen fast Pflicht, zumindest bei Kindern. Bei anderen christlichen Kirchen eigentlich nicht. Und syrische Christen tragen sie aus Angst vor Verfolgung oder Diskriminierung nicht mehr", sagte Angelos.

Khaled nickte und grinste.

„Aber du sagst es ja selbst: Tausende von Kindern tragen so ein Kreuz", wand Mantzaris ein.

„Schon. Aber *diese* Kinder haben alle noch Eltern. Heißt: das Kind wird sicher vermisst. Im Gegensatz zu dem Mädchen!"

„André, kannst du bitte ein paar Gesichtsaufnahmen von oben machen?", fragte Angelos.

„Fingerabdrücke auch?"

„Ja, aber ich denke, die Bilder sind wichtiger!"

„Warum?", fragte Mantzaris.

„Weil es bei Vermissten Kindern immer eine Suchmeldung gibt. Mit Bild. Ich glaube nicht, dass wir lange brauchen, um den Namen herauszufinden", antwortete Angelos. „Außer, ich liege total daneben!"

Khaled grinste breit und dachte: Ganz sicher nicht!

12

Als sie die Klinik verließen, liefen sie gegen eine Wand aus Hitze. Es war der erste brüllend heiße Tag des Jahres.

„Ah. Endlich einmal ein Frühlingslüftchen", sagte Khaled. Es hatte über 34 Grad.

Leider war es auch der erste Tag mit zusammenbrechendem Verkehr. Von der Klinik am ersten Kreisverkehr bis zum zweiten Rondell – 500 Meter – brauchten die Herren zwanzig Minuten, bis dem Araber der Kragen platzte.

Vor ihnen fuhr ein Leihwagen noch langsamer als der zähe Verkehr.

„Diese Touristen! Man sollte nur noch Einheimische fahren lassen", knurrte Khaled.

Angelos lachte.

„Du bist Emirati und seit zwei Jahren hier!"

„Aber du bist mein Mann und deswegen bin ich Myko .. nonier!"

„Das bin nicht mal ich. Außerdem heißt es Mykonier'!", antwortete Angelos grinsend.

„Also mir reicht´s jetzt", sagte Khaled und schob den Smart vor ihnen in den Kreisverkehr, bis der gegen die Begrenzung innen krachte.

„So verschafft man sich Platz!"

Angelos rutschte tiefer und dachte: Hoffentlich sieht mich keiner.

Nach 23 Minuten hatten sie den knappen Kilometer bis nach Hause hinter sich.

„Dein Anschiss hat geholfen, Khaled, André hat die Bilder schon geschickt", sagte Angelos und zog das Bild in die Maske.

„Allgemein oder nur Vermisstenfälle?", fragte Khaled.

„Zuerst die Vermissten. So viele Kinder werden das ja nicht sein", antwortete Angelos.

Aber er täuschte sich.

„Das gibt´s doch nicht", sagte Khaled. Nach dem zweiten Espresso waren sie immer noch in der ersten Hälfte des Alphabets.

„So viele verschwundene Kinder in diesem kleinen Land?", fragte Khaled ungläubig.

„Na ja, einige sind freiwillig verschwunden, abgehauen von zuhause, aber das hat auch meist schlimme Hintergründe. Dennoch hast du recht: es ist unfassbar und niemand tut etwas. Kein Aufschrei. Es sind alles Einzelfälle, aber die Summe macht einem Angst", sagte Angelos.

„Nicht doch lieber die Gesichtserkennung?", fragte Khaled, aber Angelos schüttelte den Kopf.

„Geht nicht. Gesichter von Leichen sind meist aufgedunsen oder aber abgemagert. Die Abstandswerte stimmen nicht!"

Khaled küsste Angelos auf den Kopf.

„Was ich von dir alles lerne. Und zwar in *jeder* Hinsicht!"

„Doofkopf. Setzt dich her und schau am zweiten Gerät die Fotos durch!"

„Zu Befehl, mein Schöner", sagte Khaled und grinste breit.

„Wenn ich jetzt sage, das büßt du heute Nacht, dann freust du dich auch noch", antwortete Angelos lachend.

„Oh ja. Also: Kinderfotos durchschauen!"

13

Es waren 447 vermisste Kinder und zwar nur die „aktiven Fälle". Fälle, die nicht älter als fünf Jahre waren.

Nummer 103 lieferte den Treffer.

„Ich glaube, ich habe ihn", sagte Khaled.

„Schau her! Das ist er doch?"

Angelos verglich das Foto des Leichnams mit dem auf dem Bildschirm.

Bevor er etwas sagen konnte, bemerkte Khaled:

„Nein, doch nicht. Die Leiche hat 1,32 Größe, der Junge 1,35. Wenn die Angaben stimmen!"

„Doch, Khaled. Das ist er. Leichen schrumpfen, dafür sorgen die entwichenen Körperflüssigkeiten. Dann lass uns mal die Daten ansehen!"

Khaled las vor:

„Philipos Floros, neun Jahre alt. Vermisst gemeldet …. vor vierzehn Tagen!!"

„Schau auf den Ort, Khaled", sagte Angelos.

Es war Moria, Lesbos.

Es herrschte Stille.

„Ich verstehe es nicht. Der Junge war Einwohner von Lesbos, kein Flüchtling. Das passt nicht", meinte Angelos und stöhnte.

„Komm, lass uns nach draußen gehen", sagte Khaled.

Augenblicke später standen sie an der Brüstung und schauten hinunter auf die innere Bucht von Ornos. Die Kitesurfer waren schon verschwunden, denn der Vormittagswind war komplett abgeflaut.

„Die Kinder verschwinden auf Lesbos und werden hier angespült. Die Strömung kann sie nicht angetrieben haben, denn die verläuft südwärts. Die Tat – oder Taten – kann auch nicht an Bord eines Bootes erfolgt sein, denn nur in direkter Nähe der Ost- und Südküste wird etwas landwärts getrieben", sagte Angelos.

„Also hat man sie in Küstennähe ins Meer geworfen", fügte Khaled hinzu.

„Was nahelegt, dass sie hier ermordet und dann in Nähe der Insel ins Meer geworfen wurden. Das aber heißt: es ist kein Triebtäter, denn der plant keine aufwändige Entführung samt Transport über das Meer. Und er konzentriert sich nicht auf einen bestimmten Ort in großer Entfernung". sagte Angelos.

„Wenn es kein Triebtäter ist, dann muss es organisierte Vergewaltigung sein. Du glaubst, man entführt Kinder, bringt sie dann her und lässt sie hier vergewaltigen?? Gegen Bezahlung? Du meinst, hier gibt es ein ‚House of Rape', das man besuchen kann wie ein Bordell?", fragte Khaled. Angelos nickte.

„Dazu würde auch die Folter passen!"

„Und wo kann man ... klar, über das Internet", fügte Khaled hinzu.

„Zwei Kinder sind zwar eine dünne Basis, aber lieber gehe ich von etwas Schlimmeres als normalem Mord aus. Das könnte Leben retten. Der Ermittlungsansatz wäre ein anderer", sagte Angelos.

„Das Internet", stellte Khaled fest.

„Nein. Das Ganze würde über das Darknet laufen. Es geht hier nicht um ein paar Bilder, sondern um organisierten Mord!"

„Und das auf unserer Insel?", fragte Khaled ungläubig.

„Gerade hier. Massen von Menschen, beste Verkehrsverbindungen, Anonymität. Und wenig Polizei", stellte Angelos fest.

„Aber zwei gute Kommissare", sagte Khaled lächelnd.

„Ja, mein Prinz. Du zählst als voller Kommissar und das weißt du!"

„Heißt: in Zukunft darf ich mich mit ‚Kommissar Nikakis' melden?", fragte Khaled.

„Nein", antwortete Angelos.

Khaled fiel das Gesicht herunter.

„'Kommissar Khaled Nikakis': Man muss uns ja auseinanderhalten können!"

Khaled wuchs um zehn Zentimeter.

„Wir haben nur ein Problem. Ich habe nicht die geringste Ahnung vom Darknet", sagte Angelos.

„Wir brauchen einen Grundkurs!"

Angelos stöhnte.

„Und das bedeutet: wir müssen nach Athen!"

14

Ich hasse Athen, dachte Angelos. Jedes Mal, wenn er in die Hauptstadt musste, denn freiwillig würde er nie dorthin fahren. Dreck, Enge und Lärm. Für jemanden, dem bereits das Geschrei auf Mykonos Bluthochdruck bescherte, war Athen die Apokalypse pur. Und es war das Zentrum dieser unheiligen Allianz aus Politik, Geld und Medien, die seit 150 Jahren das Land konsequent in den Ruin geführt hat. Reformen? Vollkommen aussichtslos, denn es war die Mentalität, die dieses Klüngelsystem begünstigte. Es gibt wohl keinen Griechen, der seine Steuern korrekt bezahlt. Daher musste der Staat die Steuern erhöhen, die Mehrwertsteuer auf absurde 24%, und das Ergebnis war, dass man nach der Erhöhung weniger Geld einnahm als vorher. Absurdistan – und dies ist das Zentrum.

Kurz überlegte Angelos, ob er in der Villa Maximos vorbeifahren sollte, dem Amtssitz des Premierministers. Antonis Migiakis war ein persönlicher Freund von Angelos Nikakis. Spätestens, als er Migiakis´ Freund Pavlos auf Mykonos aus den Fängen seiner Entführer befreite.

Ich brauche dringend Geld für die Erneuerung der Kanalisation, dachte Angelos. Die Herren Hoteliers verdienen jedes Jahr mehr, aber für die Kanalisation und die Straßen sind sie nicht zuständig. Wie Angelos beim Gespräch mit dem ehemaligen Oberbürgermeister von München, Ude, der den größten Teil des Jahres auf Mykonos verbringt, erfuhr, muss man in Deutschland Anliegergebühren bezahlen. So ist´s richtig, dachte Bürgermeister Angelos Nikakis, der zwar Deutsch sprach, aber mit dem bayerischen Dialekt Udes Probleme hatte. Von ihm erfuhr Angelos auch, dass das Blau-Weiß der griechischen Flagge im Grunde aus Bayern stammt, denn der erste griechische König war ein Bayer.

Das Taxi fuhr auf dem Weg zum Polizeipräsidium an der Villa Maximos vorbei, als hätte der Fahrer Angelos´ Gedanken lesen können.
Aber sie fuhren vorbei. Im Grunde war Migiakis zu bemitleiden. Jeden Tag von Leuten umgeben, für die das Lügen Beruf – und für manche Berufung – war. Migiakis würde erst nach seiner Amtszeit offenbaren, dass sein Personal Trainer Pavlos in Wahrheit auch sein Lebensgefährte ist. Es lief gut, sagte Migiakis das letzte Mal sichtlich aufgeräumt, trotz des Altersunterschieds von 34 Jahren. Zwischen mir und Khaled liegen gerade fünf Jahre und trotzdem nennt mich Khaled manchmal „Opa". Unverschämtheit. Dabei bin ich gerade mal 30.
Im Gegensatz zu Migiakis konnten Angelos und Khaled ohne jedes Problem händchenhaltend über die Uferpromenade laufen. Auf Mykonos kein Problem. Selbst die konservativen Wähler hatten Angelos gewählt.
„Gott sei Dank bin ich heute Abend wieder zuhause", murmelte er, als das Taxi in der Alexandras Avenue anhielt. Er war da – an seinem früheren Arbeitsplatz, dem Polizeipräsidium von Athen, ein schrecklicher Betonklotz.

Angelos fuhr mit dem Aufzug in den zwölften Stock, zum Büro des Sonnenkönigs, Polizeipräsident Ektor Siopsis. Angelos wurde durchgewunken.

Da saß er, oder besser gesagt: er thronte. Er ist noch dicker geworden, obwohl dies im Grunde nicht möglich war. Schon vor vier Jahren wog er 220 Kilogramm, jetzt mussten es noch einmal dreißig mehr sein, dachte Angelos.

Seinen Sessel musste er eintauschen gegen einen verbreiterten Holzstuhl. Schon früher hatten viele im Präsidium gemeint, sie hätten den Chef noch nie laufen gesehen.

Auf dem Tisch stand der schon legendäre Tortenteller, auf dem drei Sahneteile in XL zum Verzehr bereitstanden.

„Unser Schöner!", rief Siopsis und tatsächlich: er stand auf. Das Ächzen und das Knarzen der Gelenke waren deutlich zu hören. Eine seltene Ehrbezeugung und Ausdruck dafür, dass Siopsis seinen Schützling Angelos Nikakis mochte.

Siopsis war der einzige Mensch, dem Angelos die Geschichte seiner Mehrfachvergewaltigung erzählt hatte, unmittelbar nach der Tat. Und Siopsis machte genau das Richtige: er schickte Angelos von Athen nach Saloniki, fort vom Ort der Tat. Dort gelang es Angelos, wieder halbwegs zu funktionieren.

„Ich freue mich, dass sich alles zum Guten gewendet hat. Dass dein erster Mann gestorben ist, tut mir natürlich leid, aber dass du gleich jemand neues kennengelernt hast, war das Beste, was dir passieren konnte. Und dann natürlich gleich ein Kronprinz. Ich nehme an, du bist mit dem eigenen Jet gekommen", sagte Siopsis grinsend.

„Nein, mit dem eigenen Hubschrauber", erwiderte Angelos.

Siopsis brach in Gelächter aus. Es dauerte, bis die Wellen vom Gesicht bis zu den äußersten Rändern seiner Hüftpolster vorgedrungen waren, begleitet von einer Mischung aus Keuchhusten und dem Geräusch eines Blasebalgs.

„Ektor, auf meinem Friedhof müsstest du für drei Grabstellen bezahlen. Aber ich würde dir einen Grabstein in Form einer Tortenschnitte anfertigen lassen", sagte Angelos.

„Frech wie immer. Aber das Angebot nehme ich an. Viel Platz und eine schöne Aussicht, was will man mehr?", gab Siopsis zurück. „Im Übrigen, meinen größten Respekt für deine Arbeit als Kommissar. Den Premierminister glücklich zu machen, gelingt wirklich niemandem!"

Angelos grinste. Doch: einen gibt es.

„Du glaubst, ich weiß nicht, dass er ein Verhältnis mit einem jungen Mann hat?", fragte Siopsis.

„Du wusstest schon immer alles. Aber ich habe ein Versprechen gegeben, also bitte frage mich nicht", sagte Angelos.

„Genau die Antwort habe ich erwartet. Was will unser Schöner jetzt von mir?"

Siopsis schaufelte die erste Tortenschnitte in den Mund. Es dauerte keine zehn Sekunden, dann war das Stück an seinem Bestimmungsort.

„Wie hoch ist dein Zucker?", fragte Angelos.

„Mein hb1ac? Ich glaube, bei 10?", sagte Siopsis fröhlich.

Angelos lachte.

„Du weißt, dass ich dich vermissen würde. Du hast mir sehr geholfen, du weißt gar nicht, wie sehr. Aber es hat keinen Sinn zu sagen, dass du vielleicht mitunter eine Scheibe Vollkorn…"

Siopsis verzog das Gesicht vor lauter Ekel.

„Wozu lebe ich denn? Um Tofu und veganes Kunsthähnchen zu essen? Ich sterbe beim Verzehr einer Torte. ein schöner Tod, oder? Und jetzt zur Sache, Angelos!"

„Ja, natürlich. Zwei Kinderleichen, gefoltert und geschändet. Ich vermute, dass eventuell ein Pädophilenring dahintersteckt!"

„Die Klientel deiner Insel steht auf sowas besonders", sagte Siopsis.

„Ach, das geht bis hinunter in die Arbeiterschicht. Natürlich lassen sich Kinder mit Geld eher locken, aber was mit Kids in den einfachsten Familien passiert … Ich werde es nie verstehen", meinte Angelos.

„Ich helfe gerne, nur wüsste ich nicht, wie", sagte Siopsis.

„Die ganzen Vorgänge laufen über das Darknet. Ich weiß zwar, wie man hineinkommt, aber ich bin kein Experte. Du hast doch eine Abteilung für Cyberkriminalität. Die ermitteln doch sicher öfters wegen Kinderpornographie, oder?"

„Ja. Die Abteilung besteht aus vier Männern. Meine weiblichen Mitarbeiter haben sich geweigert, das Zeug auch nur anzusehen!"

„Die sollten sich mal die Leichen ansehen, dagegen sind die Fotos harmlos", erwiderte Angelos.

„Du möchtest also mit jemandem von der Abteilung sprechen?", fragte Siopsis.

„ … und ihn um Hilfe bitten", fügte Angelos hinzu.
Siopsis grinste breit.
Was soll das denn jetzt, dachte Angelos.
„Mein Schöner, da habe ich genau den richtigen
für dich. Allerdings wird dich der Schlag treffen",
sagte Siopsis.
Angelos zog nur die Augenbraue hoch.
„Ich bin zwar kein ausgewiesener Experte, aber
ich glaube, in Sachen Schönheit übertrifft er
dich!"
„Das glaubst du doch selbst nicht. Schließlich bin
ich …", begann Angelos.
„ … der schönste Bürgermeister Griechenlands,
ich weiß. Aber da du Experte für Männer bist, bin
ich mal gespannt auf deine Reaktion", sagte
Siopsis.
Er griff zum Telefon.
„Siopsis. Yariv? Hoch zu mir!"
„Yariv? Klingt jüdisch", sagte Angelos.
„Hast du ein Problem damit?"
Angelos lachte.
„Bei mir war der Mossad-Chef zuhause. Außerdem
hatte ich einen Israeli als Untermieter …"
Jetzt zog Siopsis die Augenbraue hoch.
„Mit Sex?"
Der Saukerl stellt immer die richtigen Fragen.
Ja. Einmal. Zwanzig Minuten, *dachte* Angelos.
„Nein", *sagte* Angelos.
Es klopfte an der Türe.
„Hallo, Yariv. Darf ich vorstellen? Yariv Markaris.
und das ist An …"
„Angelos Nikakis. Ich kenne den Herrn Kommissar
aus dem Fernsehen. Freut mich!"

Aber Herr Kommissar und Bürgermeister Angelos Nikakis war nicht in der Lage zu sprechen. Yariv war definitiv der schönste Mann, den er je gesehen hatte.

Siopsis lachte.

„Hab ich es nicht gesagt?"

„Was nicht gesagt?", fragte Yariv.

„Vergiss es. Insider", sagte Siopsis.

Noch immer war Angelos wie gelähmt, ausgerechnet er, der sich durch nichts aus der Ruhe bringen ließ und vermeintlich immer alles unter Kontrolle hat – vor allem sich.

Yariv war ein paar Zentimeter kleiner als er und hatte ein Gesicht zum Niederknien.

Schwarze Augen, pechschwarzes Haar, leicht gelockt und luftgetrocknet oder gegelt. Drei-Tages-Bart und den Ansatz eines Oberlippenbartes. Und man konnte erkennen, dass er auf seinen Körper achtete. Durch das Shirt sah man eine wohldefinierte Brust. Er war Angelos´ Alter Ego.

Der Kommissar von Mykonos verspürte ein Gefühl, das er am Anfang nicht einmal bei Khaled hatte: Schmetterlinge im Bauch, gepaart mit einem Ziehen in den Hoden.

Wie ein 16-jähriger, dachte Angelos.

Und dann lächelte Yariv ihn auch noch an und zeigte die schönsten Zähne, die Angelos je gesehen hatte.

Siopsis hatte es natürlich registriert und amüsierte sich köstlich, auch ohne etwas zu sagen.

„Schwere Prüfung", sagte er nach ein paar Momenten.

„Vergiss den Grabstein", knurrte Angelos, was Siopsis noch mehr zum Schmunzeln brachte.
„Äh, weshalb bin ich hier?", fragte Yariv.
Um mich zu ärgern, dachte Angelos.
„Der Kollege Nikakis aus Mykonos hat zwei Mordfälle am Hals. Zwei Kinder, offensichtlich missbraucht und gefoltert. Er vermutet, dass ein Ring dahinterstehen könnte, der sein Geschäft über das Internet abwickelt", sagte Siopsis.
„Darknet", warf Angelos ein. Erst jetzt fiel ihm auf, dass auf Siopsis´ Schreibtisch gar kein Monitor stand. Wahrscheinlich, weil er mit seinen dicken Fingern drei Tasten gleichzeitig trifft, dachte Angelos.
„Was bringt Sie zu der Annahme? Es könnte auch ein Serientäter sein", stellte Yariv Markaris fest.
„'Du'. Ich bin gerade mal 30 und kein Großvater. Na ja, ein Pädophiler, der zwei Kinder ermordet, ist ja auch ein Wiederholungstäter, insofern sehe ich keinen Unterschied!"
„Ich wollte Sie, äh, nicht kränken", sagte Yariv und setzte ein zerknirschtes Gesicht auf.
Süß.
„Unser Angelos ist als Kommissar pedantisch, aber genau deswegen so erfolgreich. Privat ist er der netteste Mensch, den ich kenne", versuchte Siopsis die Situation zu entspannen.
„Entschuldige, Yariv. War nicht so gemeint. Die Opfer sind total verschieden. Ein Junge und ein Mädchen. Er wahrscheinlich griechisch, das Mädchen vermutlich ein Flüchtlingskind. Serientäter haben immer …"
„ … ein Beuteschema. Verstanden. Gut, solche

Ringe gibt es zuhauf. Sie sind keine Randerscheinung oder kleine Gruppe. Wir kommen nicht mal annähernd hinterher und da lasse ich die Fälle von Kinderpornographie schon weg! Kinder werden gehandelt wie eine Ware. Und zur Folter und Vergewaltigung freigegeben. Allerdings gibt es bei den Tätern einige Häufungen. Die Organisatoren kommen oft aus dem Osten, weil die staatliche Überwachung dort schlecht und die Polizei korrupt ist. Die Kunden stammen aus allen möglichen Ländern, gehören aber oft zur Oberschicht. Kindermissbrauch gibt es zwar in allen Schichten, aber auf der gewerblichen Ebene sind die Kunden meist vermögend. Kein Wunder. Es ist ein teurer Zeitvertreib", schloss Yariv.

„Gut. Yariv, ich möchte, dass du Angelos unterstützt. Wenn er Witterung aufnimmt, liegt er nie daneben. Deine Abteilung kommt ein paar Tage ohne dich zurecht. Ich möchte, dass du Angelos nach Mykonos begleitest", sagte Siopsis.

Heiliger Strohsack, dachte Angelos.

Yariv schaute erst perplex, überlegte sich dann aber, dass Mykonos Anfang Mai traumhaft schön und noch ruhig ist.

„Dann brauche ich aber ein Zimmer und das wird die Reisekostenstelle in den Wahnsinn treiben", gab er zu bedenken.

Siopsis lachte.

„Mein lieber Yariv. Kollege Nikakis hat eine der größten Villen der Insel und sein Ehemann ist mehr als vermögend!"

„WIR haben ein größeres Haus und du bist selbstverständlich unser Gast", sagte Angelos.

„Dein Ehemann ist einverstanden damit?", fragte Yariv.

„Ach, der ist pflegeleicht", ging Siopsis dazwischen.

„Na gut. Dann brauche ich wohl auch keine große Technik", meinte Yariv.

„Die Herren Nikakis sind besser ausgestattet als wir", sagte Siopsis.

„Dann schaue ich gleich nach einem Flug!"

„Äh, das brauchst du auch nicht. Der Herr Kommissar aus Mykonos ist mit dem eigenen Hubschrauber hier", antwortete Siopsis.

Yariv zog eine Augenbraue hoch.

„Äh. Wozu arbeitest du dann noch? Ich würde auf Mykonos meine Füße hochlegen und nichts tun", meinte Yariv.

„Das wird erstens langweilig, zweitens wäre dies das Ende jeder Ehe und drittens ist Kommissar eine Berufung. Und weil ich auch noch Bürgermeister bin, kann ich mich gar nicht mehr erinnern, wann ich das letzte Mal die Füße hochgelegt habe", entgegnete Angelos.

„Aber du darfst gerne ein paar Tage länger bleiben, um auszuspannen. Ich bin sicher, wenn du Ektor eine Torte schickst, ist dein Zusatzurlaub gesichert", fügte er hinzu.

Ektor? Yariv hatte noch nie gehört, dass irgendjemand den Chef beim Vornamen nannte – oder nennen durfte.

„Sprichst du Hebräisch?", fragte Angelos.

Yariv nickte.

„Schön. Wir hatten einen Untermieter, der Israeli ist und im Rathaus arbeitet. Der freut sich sicher, mal wieder vertraute Klänge zu hören", erklärte Angelos.

„Dann müsste ich nur noch meine Freundin anrufen, dann können wir los!"

Yariv verließ das Büro.

Angelos war irritiert.

Sein eine Hirnhälfte sagte zu ihm: Gott sei Dank! Aber die andere meinte: Schade.

„Gut. Dann sorge anständig für meinen Mitarbeiter. Ich möchte ihn *ungeöffnet* zurück", sagte Siopsis und gab Angelos die Hand.

„Ich bin gespannt", flüsterte Siopsis Angelos ins Ohr und meinte damit nicht den Fall.

„Er hat eine Freundin", sagte Angelos leise.

Siopsis lachte.

„Alex hatte sogar eine Ehefrau, bis du ihn mit deinem Zauberstab verwandelt hast. Hokuspokus war er Herr Nikakis!"

„Ektor, du bist widerlich", knurrte Angelos.

Siopsis grinste dreckig.

„Und du solltest deine Halberektion besser verdecken!"

15

Zwanzig Minuten später saß Angelos im Taxi und wartete vor dem Präsidium. Die Türe ging auf und Yariv stieg ein, mit sichtlich genervtem Gesicht.

„Was ist?", fragte Angelos.

„Sei froh, dass du nie geheiratet hast", brummte Yariv.

Angelos zog die Augenbraue hoch.

„Äh, ich meine natürlich eine Frau. Herrgott. Sie begreift nicht, dass ich einen Beruf habe. Weißt du, was sie gesagt hat? ‚Schönen Urlaub auf Mykonos'. Also wirklich", regte sich Yariv auf.

„Ich kann dir versprechen: bei uns geht es ruhig zu", sagte Angelos. Und wir werden alles dafür tun, dachte Angelos. Zumindest ich.

Du bist verheiratet, sagte die eine Stimme. Deswegen kann man doch einen anderen Mann hübsch finden und mögen, hielt Stimme 2 dagegen. Ja natürlich, gab die erste Stimme spöttisch zu bedenken.

„Wir treffen gleich Khaled", sagte Angelos.

„Er ist unser Pilot! Er war bei der Luftwaffe in Fudscheirah!"

„Wow. Ich auch. Also, ich meine hier. In Saloniki!", sagte Yariv.

„Rang?", fragte Angelos grinsend.

„Major!".

Der Gedanke an Yariv in Uniform ließ Angelos nervös werden.

„Ich schreibe Khaled, dass wir gleich da sind! "

SIND IN 15 MINUTEN DA. WIR HABEN EINEN ÜBERNACHTUNGSGAST.

Zwei Minuten später fing Angelos an zu lachen.

„Was ist?", fragte Yariv.

Angelos reichte ihm das Handy.

HOFFENTLICH KEINE FRAU. NUR GUTAUSSEHENDE MÄNNER. ODER BESSER: *SEHR* GUT AUSSEHENDE MÄNNER.

„Und was antwortest du?", fragte Yariv mit einem schelmischen Blick.

BEDINGUNG KLAR ERFÜLLT, schrieb Angelos zurück.

Yariv schmunzelte.

Er weiß genau, wie er auf andere wirkt, dachte Angelos. Mal sehen, was für eine Reaktion Khaled zeigt.

„Äh, wie soll ich ihn anreden? Herr Nikakis? Königliche Hoheit?", fragte Yariv.

„Oberstleutnant reicht. Quatsch. Khaled. Wie sonst?"

Als die beiden sich dem Hubschrauber näherten, konnte Angelos sofort sehen, dass auch Khaled wie elektrisiert war.

Gott sei Dank reagiert er wie ich, dachte Angelos. Ich bin doch kein untreuer Geschlechtsdepp. Und überhaupt: er ist hetero.

Und tatsächlich: Khaled stotterte und war sichtlich begeistert von Yarivs Anblick.

Während des Fluges plapperte er ohne Unterlass über das Headset.

„Ich bin auch noch da, Herr Pilot", knurrte Angelos dazwischen. „Außerdem solltest du aufpassen, dass du nicht vorbeifliegst!"

„Wo gehen wir runter? Am Flughafen?", fragte Yariv.

„Nö. Auf unserem Hausdach", sagte Khaled lakonisch.

Yariv lachte.

„Ich suche mir auch einen Scheich!"

„Wenn dann ‚Emir' und das plappernde Etwas ist meiner", antwortete Angelos. Sei nicht eifersüchtig, sagten seine innere Stimmen. Khaled reagiert auch nicht anders als du.

„Das ist euer Haus? Das sieht aus wie ein Palast", sagte Yariv beim Anflug auf Ornos.

16

Yarivs Augen wurden immer größer, als er die Villa von innen sah, aber die Sprache verschlug es ihm, als sie in den Küchenbereich kamen. Dort wurde weniger gekocht als ermittelt, denn die Wand war übersät mit Monitoren mit einem Board davor, auf dem zahlreiche Notebooks standen.

„Was ist das hier? Die NATO-Kommandozentrale? Dagegen herrscht bei uns in Athen tiefstes Mittelalter", sagte Yariv. „Ich bin mir sicher: hier gefällt es mir!"

Gut, dachte Angelos.

Schön, dachte Khaled.

„Dann gehen wir mal auf die Terrasse", schlug Angelos vor. „Mach´s dir draußen bequem, Yariv. Ich mache Espresso und Khaled schaut nach deinem Zimmer!"

Als Yariv Richtung Terrasse entschwand, schaute Angelos Khaled fragend an.

„Und?"

„Umwerfend. Nach dir der schönste Mann, den ich je getroffen habe", sagte Khaled.

„Lügner. Aber danke", antwortete Angelos und küsste Khaled.

„Du wirst es kaum glauben: als er zur Türe reinkam, hatte ich in Sekundenbruchteilen eine Erektion", erzählte Angelos.

„Und das mit dreißig! Respekt!", sagte Khaled und grinste.

„Doofkopf! Leider hetero", meinte Angelos.

„Ach, das kriegen wir schon hin", lautete Khaleds Kommentar.

„Wir?", fragte Angelos.

„Wir sind verheiratet. Wenn dann nur gemeinsam. Versprochen?"

„Ich liebe dich, Khaled. Aber ehrlich: das ist eine schwere Prüfung und ich bin garantiert kein geiler Bock", sagte Angelos.

„Kein geiler Bock? Du solltest dich mal sehen, wenn du rollig bist. Also praktisch täglich. Und ich würde mich nie darüber beschweren", meinte Khaled und umarmte Angelos, der an der Espressomaschine herumfummelte, von hinten.

„Dann widmen wir uns jetzt mal unserem Gast", sagte Khaled und spazierte nach draußen.

Es wurde ein ungezwungener Abend. Yariv wollte alles wissen. Wie es so als schwules Ehepaar denn ist. Wie der Sex funktioniert, wobei bei letzterem Thema Angelos und Khaled eine Erektion hatten, was dem Gast allerdings verborgen blieb.

„Bist du jetzt griechischer Jude oder jüdischer Grieche?", fragte Khaled.

„Ich bin eigentlich gar nichts. Meine Mutter war jüdisch, aber nicht gläubig, ich erst recht nicht. Ich bin also einfach nur ein Grieche", sagte Yariv.

„Beschnitten?", fragte Khaled.

„KHALED", sagte Angelos laut.

„Was denn? Das interessiert mich halt!"

Yariv lachte.

„Nein. Mir säbelt niemand zwischen den Beinen herum."

Sehr gut, dachte Angelos. Sex mit Unbeschnittenen ist besser.

„Und? Wie viele Männer hattest du? Wenn wir schon bei indiskreten Fragen sind!"

Yariv grinste.

Khaled überlegte.

„Drei!"

„Vier", fügte Angelos hinzu.

Yariv staunte.

„Und ich dachte immer …"

„Schwule sind schlimmer als Karnickel?", fragte Angelos. „Du liegst aber nicht so verkehrt. Ich glaube, Khaled und ich sind Ausnahmen!"

Und du wirst Nummer fünf, fügte Angelos in Gedanken hinzu.

„Also ich bin müde. Athen macht mich einfach fertig", sagte Angelos. „Und morgen legen wir los. Komm, Yariv, ich zeige dir dein Zimmer!"

„Ist da eine Dusche? Ich kam heute Morgen nicht dazu!"

„Äh, da funktioniert der Abfluss nicht. Aber du kannst bei uns oben duschen. Badetücher liegen oben!"

Yariv ging die Rampe hoch in den ersten Stock. Auch dort gab es keine Zwischenwände. Die Badewanne stand frei auf einem Podest und die Dusche hatte nur eine Glaswand. Der Bauherr litt wohl unter Klaustrophobie, dachte Angelos bei der ersten Besichtigung.

„Ich wusste gar nicht, dass die Dusche unten kaputt ist", sagte Khaled.

Angelos grinste.

„Ist sie auch nicht!"

Khaled lachte.

„Das gibt´s doch nicht. Du arbeitest mit allen Tricks. Und ich dachte, du bist der brave und treue Ehemann!"

„Bin ich doch auch. Wenn, dann nur zusammen. Außerdem: Schauen ist doch erlaubt. Und jetzt schnell, sonst ist er mit dem Duschen fertig", sagte Angelos.

Eine Minute später saßen die Herren im Bett und sahen Yariv beim Duschen zu. Allerdings behinderte der Armaturenturm die Sicht doch entscheidend.

„Hätten wir mal eine Kamera angebracht. Wirklich schade", knurrte Khaled.

Angelos lachte – aber nicht mehr lange.

Wenige Augenblicke später stand Yariv neben dem Bett, nur mit dem Handtuch bekleidet. Die Haare nass und leicht gekräuselt, die Haut tiefbraun. Was man erst jetzt sah: er hatte den perfekten Körper. Der Rücken ein Trapez wie aus dem Lehrbuch und kein Gramm Fett.

„Danke euch. Ich gehe dann mal nach unten. Schlaft gut – oder was ihr sonst tut!"

Er grinste und die schneeweißen Zähne gaben Angelos den Rest.

Er drehte sich um und biss in das Kopfkissen.

„Sorry, Khaled. Aber da wird jeder Mann schwach. Das ist ..." Ihm fehlten schlicht die Worte.

Khaled streichelte ihm über den Rücken.

„Aber du machst nichts alleine. Du hast es versprochen!"

„Und daran habe ich mich immer gehalten. Also keine Sorge. Außerdem ist er hetero", sagte Angelos.

Khaled schmunzelte.

„Ja natürlich!"

Und fügte hinzu: „Noch!"

17

Noch halb in Trance liefen Angelos und Khaled die Rampe hinunter. Die Herren Nikakis waren notorische Langschläfer. Die ganze Insel wusste, dass vor zwölf Uhr mit dem Bürgermeister nicht zu rechnen war. Und zwangsläufig war auch der Kommissar vormittags nicht im Dienst. Morde hatten gefälligst nach Mittag stattzufinden – und daran hielten sich die Mörder.

„Ah, Yassas, Kollegen", sagte ein aufgeräumter Yariv. „Ich mache mal Espresso. Ich war vorhin schon schwimmen. Ich hoffe, das war in Ordnung!"

„Solange du keinen Lärm machst, darfst du hier alles", sagte Angelos.

Da Yariv nur in Jeans am Tisch saß, begann der Tag wieder mit einer schweren Prüfung.

„Der Oberkörper, die Brustwarzen", flüsterte Angelos in Khaleds Ohr.

Khaled grinste.

„Gott sei Dank hast du was an!"

„So, die Herren, wollen wir arbeiten?", fragte Yariv gut gelaunt.

„Jetzt schon? Ist gerade halb zwölf", protestierte Khaled.

„Da mache ich in Athen schon Mittag!", sagte Yariv.

„Verbrechen finden in der Nacht statt. Dem muss man sich anpassen", antwortete Angelos.

„Schon, aber Ermitteln kann man auch tagsüber!"

Wenn das einer dieser nervigen Morgeneulen ist, halte ich das nicht durch, dachte Angelos.

„Also gut. Khaled, der Herr will uns foltern!"

Und so begann das Trio mit dem langweiligen Geschäft jedes Ermittlers: Suchen und Warten – und umgekehrt.

„Ich bin schon im Darknet. Ich zeige es euch später, wie man reinkommt. Ich will, dass ihr euch einiges anschaut. Habt ihr einen Kotzeimer parat?", fragte Yariv.

„Wir halten schon etwas aus", sagte Khaled.

„Wenn du meinst …", antwortete Yariv. „Also, jetzt sind wir schon auf eine der Schmuddel-Plattformen!"

Schmuddel war der falsche Begriff. Im Menü konnte man wählen aus Rape, Torture and Combi-Tour. Vergewaltigung, Folter oder das Kombi-Ticket.

Beim ersten Video war es junger Bursche, 15 oder 16 Jahre alt, der von der Decke hing. Die zwei maskierten Männer holten ihn herunter, warfen ihn auf einen Tisch und bearbeiteten ihn wie Tiere. Am Ende klemmten sie ein Kabel an seine Hoden und ließen den Körper des armen Kerls erbeben.

Angelos übergab sich auf den Boden.

„Ich hab euch gewarnt", sagte Yariv.

„Das ist es nicht. Angelos hat genau das selbst erlebt. Es waren drei Männer und die Folter war nicht weniger schlimm", sagte Khaled leise.

Yariv wurde weiß im Gesicht.

„Oh, Gott. Entschuldige, ich, äh …"

„Es wissen auch nur wenige, darunter Siopsis", sagte Angelos leise.

„Unser oberster Chef?", fragte Yariv.

„Ja. ich habe ihn am Tag danach alles erzählt. Ich wusste nicht, was ich tun soll. Er hat mich sofort versetzt und mich damit gerettet. Ich bin ihm sehr dankbar", erklärte Angelos.

„Und was ist mit den Tätern passiert?"

„Einer ist verschwunden. Und zwei hat mein Ex-Mann Alex erschossen. Aber es war seine Entscheidung, nicht meine!"

„Dann muss er dich sehr geliebt haben. Das hinten im Garten ist sein Grab richtig?", fragte Yariv.

Angelos nickte.

„Das Video von mir geistert noch immer im Netz herum!"

„Dann kannst du am Besten nachfühlen, was die Opfer mitmachen. Vor allem, wenn es Kinder sind", sagte Yariv.

„Was ist denn das für ein Menüpunkt? Cannibalism? Das ist aber nicht, was ich befürchte", sagte Khaled.

„Doch. Es gibt Menschen, die die Körperteile anderer essen. Wir sprechen nicht von Blut und irgendeinem Vampir-Scheiß, sondern von richtigen Körperteilen!"

„Das kann nicht sein", sagte Khaled.

„Schau es dir an. Aber ich brauche das kein zweites Mal", sagte Yariv, klickte aber auf den Menüpunkt.

„Ich gebe ihm eine Minute", sagte Yariv zu Angelos.

Es wurden drei, bevor Khaled zur Spüle rannte.

„Der … der hat dem anderen die Eier abge-
schnitten und in einer Pfanne geröstet", stöhnte
Khaled.

„Ja, der Garten des Herrn ist unerschöpflich",
meinte Yariv.

„Das ist wohl eher die Hölle des Herrn. Und dass
ich nicht gläubig bin, hat auch damit zu tun. Der
Allmächtige hat wohl doch nicht genügend
Macht, um diese armen Geschöpfe zu retten",
sagte Yariv.

Vorsichtig schaute Angelos auf den Monitor.

„Und was kostet das Anschauen?", fragte
Angelos.

„Je nach Vorliebe. Das Verspeisen ist teuer. 495
Euro!"

„Und was bedeutet das darunter?", fragte
Angelos. Das ‚Sie wollen live dabei sein?'!"

„Was wohl? Bestimmt nicht zuschauen. Deswegen
ist dort ein Button, der einen zu einem Email-Server
leitet, der momentan in Turkmenistan steht, aber
ständig wechselt", sagte Yariv.

„Von welcher Preisspanne reden wir da?", fragte
Khaled.

„Ein Forum konnten wir ausheben. Eine einfache
Vergewaltigung kann bis zu 50.000 Euro kosten. Je
nach Herkunft. Irgendein afrikanisches Opfer ist
billiger als ein europäisches. Sorry, klingt zynisch",
sagte Yariv.

„Und die Bezahlung? Da ist noch ein Button",
fragte Angelos.

„Bitcoins. Nur schwer nachvollziehbar. Du kannst
dir nicht vorstellen, wie oft man im Nichts landet.
Dauernd neue Kommunikationswechsel. Wir
glauben, wir sind nah dran und plötzlich ‚buff' und

wir stehen buchstäblich in der Wüste Gobi und haben die Bastarde verloren. Wir hinken auch technisch hinterher. Vom Personal ganz zu schweigen. Von eurer Technik hier können wir nur träumen", sagte Yariv.

„Deinen Job möchte ich nicht geschenkt", sagte Khaled.

18

Zumindest von dem Jungen haben wir ein Bild", sagte Angelos.

Yariv lächelte mitleidig.

„Weißt du, wie viele Fotos im Darknet zu finden sind? Wir reden von mehreren Tausend Terrabyte. Das ist wie ein Heuhaufen *ohne* Nadel!"

„Ok, ihr gebt euch doch als Interessierte aus, um an diese Typen heranzukommen", sagte Angelos.

„Glaub nicht, dass du diesen Typen etwas ansiehst. Und es sind nicht nur Männer, die hier die Fäden ziehen. Wir hatten schon eine Mutter, die ihre zwei Kinder in ein solches ‚Rape resort' geschickt hat!", entgegnete Yariv.

„Gut. Nochmal. Wie reagieren die Anbieter, wenn ihr einsteigt oder anfragt?"

„Extrem misstrauisch. Logisch. Auf den Plattformen ist nichts zu sehen, was weniger als fünf Jahre Knast bringt. Manche würden für den Rest ihres

Lebens einfahren. Es dauert also Wochen, bis man über Chat einen Kontakt aufbaut. Und dann muss man erstmal selber liefern", erklärte Yariv.

„Was? Ihr schickt diesen Schund selbst?", fragte Khaled entsetzt.

„Logisch. Wie sollten wir sonst unsere Authentizität belegen? Wir verwenden Dateien aus den USA und Kanada. Die wiederum nehmen unsere. So ist die Gefahr, dass Doppelungen auffallen, geringer. Selbst Bilder oder Videos machen, fällt flach!"

„Habt Ihr aktuell Forenzugang?", fragte Angelos.

„Ja. In drei sind wir reingekommen und haben massiv geliefert. Wir sind kurz vor dem Stadium, wo wir etwas buchen könnten. Aber es ist gefährlich. Ein Fehler – und drei Jahre Arbeit sind dahin!"

„Drei Jahre diesen Dreck ansehen. Wie hältst du das aus?", fragte Angelos.

„Eines kann ich dir sagen: man stumpft nicht ab. Es ist die Wut, die einen antreibt. Aber wir haben oft Kollegen, die aufgeben. Und keine einzige Frau hielt es länger als drei Tage bei uns aus", sagte Yariv.

„Aber es führt ja kein Weg daran vorbei, dass einer ein ‚Package' bucht, dorthin fährt, wo immer das ist, und den Laden hochgehen lässt", meinte Angelos.

„Nein. Das Risiko ist zu groß. Diese Menschen morden – und zögern auch keine Sekunde. Sie würden einen Maulwurf verschwinden lassen. Hier herrschen ganz andere Gesetze als bei der Mafia oder der organisierten Kriminalität. Ich meine, ich hätte keine Lust, mich verspeisen zu lassen", sagte Yariv.

„NEIN, ANGELOS, VERGISS DAS!", rief Khaled.

„Was meint er?", fragte Yariv.

„DU SPIELST NICHT WIEDER DEN LOCKVOGEL! Mein Gatte braucht nämlich den Kick. Und das wäre zwei Mal fast schiefgegangen und Alex konnte ihn jedes Mal nur knapp retten", erklärte Khaled.

Angelos sagte nichts.

„Das kannst du mir nicht antun. Ich bin nicht so tough wie Alex. Als ob es nicht so schon gefährlich genug wäre. In unserer Ehe fliegen zu viele Kugeln", fügte Khaled hinzu.

„Versprich mir, dass wir das anders lösen!"

Angelos nickte.

Khaled würde es nicht eine Sekunde aushalten, mich in Gefahr zu wissen. Alex hatte zwar auch Angst, aber die trieb ihn eher an.

„Gut, Khaled. Dann sag mir, wie es anders gehen soll!"

„Die müssen doch sagen, wo der Kunde hinkommen soll …", schlug Khaled vor.

Yariv schüttelte den Kopf.

„Man trifft sich in Rom, fliegt dann weiter nach Alicante. Dann bekommt der Kunde eine Haube auf und dann geht es irgendwohin nach Portugal!"

„Sender?", fragte Khaled.

„Wie denn? Welcher Kunde lässt sich denn mit einem Sender ausstatten?", entgegnete Yariv.

„Stimmt auch wieder!"

„Also muss es doch einer von uns machen", sagte Angelos.

„VERGISS ES! KEINE DISKUSSION!"

Yariv lachte.

„Ist er immer so dominant?", fragte Yariv schmunzelnd.

„Ach woher. Er ist eher der bettelnde Part", antwortete Angelos und grinste.

„Ja und? Hast du noch nie Bondage- oder Spanking-Spielchen gemacht, Yariv?"

„Bon ..., was?"

„Er braucht einen Schnupperkurs", sagte Khaled und legte den Arm um Yariv.

„Ihr seid mir zu gefährlich, Jungs!"

„Zurück zum Thema. Die Mails sind ja nicht nur nicht nachzuverfolgen, sondern oft verschlüsselt. Manche Codes konnten wir knacken, mithilfe eines Dechiffrier-Experten des Geheimdiensts!" Yariv seufzte.

„Sisyphos hatte ein Pipifax-Problem im Vergleich zu uns!"

„Wie wäre es, wenn wir keinen Kunden spielen, sondern einen Lieferanten? Da könnten die Sicherheitsvorkehrungen laxer sein", schlug Angelos vor.

„Du meinst eine Art Sklavenmarkt? Virtuell?", fragte Yariv.

Angelos nickte.

„Du müsstest lebende Ware, sprich meist Kinder, anbieten", wand Khaled ein.

„Ja. Ich nehme fünf aus der Grundschule und erzähle ihnen, wir machen einen kleinen Ausflug", sagte Angelos.

Yariv und Khaled sahen ihn fassungslos an.

„WAR EIN SCHERZ!"

„Andererseits reicht es wahrscheinlich, wenn die Kinder präsentiert werden, natürlich lebend. Man wird das Ganze zunächst nur aus der Ferne beobachten. Das böte eine gewisse Chance. Aber dazu braucht man viel Technik und Personal", wand Yariv ein.

„Hört zu. Ich will nicht das ganze Darknet hochnehmen. Ich will das Netz hier sprengen. Alles andere ist unrealistisch. Und es muss hier einen Ring oder ein ‚Rape resort' geben. Zwei Kinder aus Lesbos, die aber auf Mykonos getötet wurden, es muss HIER sein", sagte Angelos.

Yariv schaute Angelos ungläubig an.

„Warte. Der Herr Kommissar muss zwischendurch die Festplatte im Hirn wechseln. Er gleitet gerade ab in die Abteilung ‚Irrsinn'!", sagte Khaled.

„Sie bekommen ihre Ware aus Lesbos, also müssen wir die Quelle austrocknen. Die Ware wird knapp, die Betreiber nervös. Dann kommen wir als Anbieter. Es wird kein Treffen geben. Wir präsentieren die Kinder auf dem Meer, auf einem Boot. Man wird uns nur aus der Ferne sehen, mehr trauen die sich nicht. Aber wir hätten die Chance, sie auf ihrem Beobachtungsposten zu erwischen", sagte Angelos.

„Ich hätte da ein paar Fragen", sagte Yariv.

„Nur zu!"

„Wir brauchen ein Boot!"

Khaled grinste.

„Nächste Frage!"

„Ihr seid zu bekannt. Wir brauchen einen Dritten, der noch dazu ein Boot steuern kann!"

„Kein Problem. Das machst du. Nächste Frage", sagte Khaled.

„Wir willst du Moria abriegeln?", fragte Yariv.

„Ich rufe Migiakis an und wir riegeln das Camp ab wegen Masern oder so etwas", sagte Angelos.

„DU rufst den Premierminister an?", fragte Yariv ungläubig und schaute Angelos an.

„Wir sind enge Freunde", sagte Khaled anstelle von Angelos und grinste.

„Die werden nicht vom Ufer aus zuschauen oder gar mit einem Boot kommen. Du müsstest mit Drohnen rechnen", sagte Yariv.

„Die wir mit unseren, die übrigens viel größer sind, verfolgen können!"

Es war ein Riesenspaß für Khaled. Selbst Yariv grinste zunehmend.

„Die letzte bescheidene Frage: wo bekommst du die Kinder her?"

„Die leihen wir uns aus Moria", sagte Angelos.

„Hier möchte ich lieber kein Krimineller sein", meinte Yariv und lachte dabei.

19

Ich bin ein Krimineller.
Ich bin ein Folterer.
Ich bin ein Mörder.
Alles richtig.
Aber das hier werde ich nicht tun!
Ich werde kein Kind vergewaltigen. Punkt.
Oleg kämpfte mit sich, aber viele Möglichkeiten blieben ihm nicht.
Bogdan und zwei seiner Jungspunde, deren MPs älter als sie selbst waren, standen im Raum und zielten auf ihn.

Auf der Liege lag ein Kind, gefesselt und geknebelt. Und nackt.

„Ich weiß nicht, was du willst, Oleg. Du sollst nichts anderes machen als unsere Kunden. Damit du das Geschäft verstehst. Und wie du weißt, mag ich Bindungen. Menschen, die etwas zu verlieren haben. Darüber hinaus wirst du Filmstar!"

Bogdan zeigte auf die Kamera, an der ein grünes Licht zu sehen war.

Er lächelte.

„Eine Art Loyalitätsprogramm. Du wirst alles daransetzen, dass wir hier nicht auffliegen. Weißt du, ich erkenne potenzielle Verräter auf zehn Meilen. Dem muss ich leider vorbeugen!"

„Ich tue es nicht!", sagte Oleg.

„Du hast einen kleinen Sohn, nicht wahr?", fragte Bogdan süffisant.

Oleg bekam einen hochroten Kopf, aber die zwei Jungs mit ihren Waffen traten energisch nach vorne.

„Ich bin noch gnädig. Du darfst eine der berühmten blauen Pillen nehmen. Und jetzt: ausziehen!"

Das Kind auf der Liege bewegte sich.

„Ah, die Ware bewegt sich. Gut, das sorgt für höhere Quoten. Also denn!"

Zu seinen zwei Mitarbeitern sagte Bogdan:

„Und ihr passt auf, dass der Herr auch alles gibt. Tut er es nicht, schießt ihr ihm durch den Kopf!"

Er drehte sich um zu Oleg und sagte:

„Ich wünsche viel Vergnügen!"

Bogdan verließ den Raum. Er würde sich am Monitor vergnügen.

Im Übrigen hatte er ganz andere Sorgen. Frische Ware war unterwegs von Lesbos und die war dringend nötig, denn morgen kommen die nächsten Kunden und auch die Zuschauer hatten das Live-Event schon kräftig gebucht.
Er schaute hinaus auf die Bucht.
Mist, dachte er, die See ist ganz schön kabbelig.

20

Wenn Menschen Pläne machen, lacht Gott.
Angelos´ äußerst grob skizzierter Plan, der noch dazu der Verzweiflung entsprang, musste nicht umgesetzt werden. Aber dies wussten die drei nicht. Sie waren zur Untätigkeit verdammt, ob ihr virtueller Köder denn geschluckt würde.
Moria war zu diesem Zeitpunkt bereits abgeriegelt und auch im Hafen gab es auffällig viel Militär.
Angelos´ Handy brummte.
Er lachte. Papadopoulos, sein Kollege aus Lesbos.
„Das ist doch auf deinem Mist gewachsen. Aus dem Hafen kommt fast kein Schiff raus und die paar Touristen, die noch hier sind, laufen Amok. Was soll das?"
„Ein Virus", sagte Angelos, musste aber lachen.

„Bullshit! Darf ich den Herrscher der Ägäis fragen, wie lange er die Blockade aufrechterhalten möchte?"

„Drei Tage müssten reichen", sagte Angelos und wusste, was kam.

„WAAAS? Bist du wahnsinnig?"

„Jetzt reg dich ab. Ohne ins Detail zu gehen: wir retten damit das Leben von Kindern. Außerdem ist der Hafen nicht zu, es wird nur genau kontrolliert", entgegnete Angelos.

„Ich hoffe, der Virus kommt auch nach Mykonos und befällt dich zwischen den Beinen", knurrte Papadopoulos und legte auf.

Angelos lachte laut auf.

Die drei Herren lagen am Pool. Das Notebook stand auf dem Tisch. Man wartete.

„In Athen verbringe ich meine Pausen in der Kantine. Also Pausen auf Mykonos gefallen mir deutlich besser", sagte Yariv und grinste.

„Und das auch noch umsonst. Oder muss ich das bei euch abarbeiten?"

„Das überlegen wir uns noch", antwortete Khaled trocken, drehte sich auf der Liege um und zwinkerte Angelos zu.

Nein, dachte Angelos. Der Mann sieht toll aus, ist aber hetero. Punkt.

Wieder brummte ein Handy. Diesmal war es Yarivs.

„Eleni", sagte er mit wenig Enthusiasmus und ging in den hinteren Teil des Gartens.

„Ich wette, dass es in spätestens zwei Minuten laut wird", sagte Khaled.

„Warum?", fragte Angelos.

„Wenn er das Wort ‚Pool' erwähnt, hat er verloren!"

Und tatsächlich wurde es plötzlich laut. Zudem kam Yariv wieder näher.

„ICH ARBEITE HIER, HERRGOTT!"

Stille.

„DU WIRST ES KAUM GLAUBEN, ABER KOMMISSARE VERBRINGEN DIE MEISTE ZEIT MIT WARTEN. SOLL ICH MICH IN DEN KELLER SETZEN, WENN ES HIER EINEN POOL GIBT?"

Stille.

„DU MUSST ARBEITEN? ja, HALBTAGS. Und nachmittags gehst du shoppen und kommst mit drei Paar Schuhen zurück!"

Yariv bekam einen hochroten Kopf.

„Ja. GUT. VIELLEICHT BLEIBE ICH GLEICH HIER! DANN BRAUCHE ICH MIR DEIN GEKEIFE NICHT MEHR ANZUTUN", schrie Yariv.

Stille.

„BITTE? JA. VIELLEICHT LASSE ICH MICH VON DEN BEIDEN FICKEN. BESTIMMT KÖNNEN SIE BESSER BLASEN ALS DU! UND DAZU GEHÖRT NICHT VIEL!"

Yariv warf das Handy in den Steingarten. Grün ist auf Mykonos kein Garten.

„Das können wir *bestimmt* besser als deine Freundin", sagte Khaled fröhlich.

„Wette gewonnen", fügte er hinzu und grinste Angelos an. Der sprang ins Wasser und schwamm zwei Züge bis an den Rand und legte dann die Arme auf den Beckenrand.

Er hörte, dass ihm jemand ins Wasser gefolgt war. Bitte lass es nicht Yariv sein.

Angelos spürte, wie sich Arme um ihn legten und eine Stimme ihm in das rechte Ohr flüsterte:

„Es ist schön bei euch. Eigentlich möchte ich nicht mehr weg!"

Angelos bewegte sich nicht.

„Hier kracht es auch ab und zu!"

„Sicher. Aber ihr habt beide das gewisse Leuchten in den Augen, wenn ihr euch anseht", sagte Yariv und fuhr flüsternd fort:

„Ich werde mich nur schwer von euch trennen können. Vor allem von dir!"

Beim letzten Satz presste Yariv seinen Körper an Angelos. Mit dem befürchteten Ergebnis.

Nicht bewegen, dachte Angelos, doch dann spürte er einen einzigen Finger dort, wo Hetero-Männer in der Regel nicht hinfassen.

Der eine Finger war fast noch schlimmer, als wenn Yariv die ganze Hand benutzt hätte.

„Das und die Gänsehaut. Ich glaube, du würdest mich auch vermissen", flüsterte Yariv und schwamm zurück.

Angelos drehte sich um, schaute Khaled an und zuckte mit den Schultern: Was bitte wird das?

Khaled lächelte und seine Augen sagten: Ruhig bleiben.

Leicht gesagt.

Als Yariv aus dem Wasser stieg, musste sich Angelos wieder umdrehen. Dieser Körper.

Bald, sehr bald, wird Khaled mich anbinden müssen.

Durch seinen Hormonschub bemerkte Angelos nicht, dass sich das Wetter verschlechtert hatte. Von Osten zog ein Gewitter an.

21

Die „Calypso" war eine Yacht.
Ihr Besitzer hatte sie zur Verfügung gestellt,
damit der Transfer von Lesbos unauffälliger
gestaltet werden konnte. Fischerboote
werden von Frontex-Schiffen kontrolliert, Yachten
hingegen ließ man in Ruhe.
Doch auf der „Calypso" herrschte schlechte
Stimmung. Gut 50 Seemeilen östlich von Mykonos
saß die Yacht mitten im Gewitter fest und die
Wellen waren gut vier Meter hoch. Grenzwertig für
ein kleines Boot.
Am Ruder stand Sergei und versuchte, die
„Calypso" über die Wellen hinwegzubringen. Da
sie aber nicht aus der gleichen Richtung anrollten,
war volle Konzentration gefordert.
„Scheiß Wind", murmelte Sergej. Bei jeder Bö
änderten die Wellen den Winkel und keinesfalls
durfte das Boot von der Seite getroffen werden.
„NIKOS! Schau mal nach unten", rief Sergei.
Nikos öffnete die verschlossene Kajüte.
Es bot sich ihm der erwartete Anblick. Fünf Kinder,
die sich überallhin übergeben hatten und denen
zudem die Angst im Gesicht stand.
Nikos ging wieder nach oben.
„Sie kotzen, aber sie werden es überleben!"

Doch Nikos fiel gleich auf, dass mit Sergej
irgendetwas nicht stimmte.
Der drehte das Rad wild nach rechts und links.
„DER MOTOR", brüllte er. „Starte ihn neu", rief er
gegen den tosenden Lärm an. Nikos hatte

Probleme, das Gleichgewicht zu halten. Als Grieche hatte er Seefahrt-Erfahrung und wusste, was zu tun war.

Das Lämpchen leuchtete rot – und Nikos drückte den Knopf daneben. Keine Reaktion.

In diesem Moment traf eine größere Welle die „Calypso" von der Seite. Trotz des Getöses hörte man von unter Deck Schreie.

„VERDAMMTE … Wir schaffen es nicht!"

Das wusste auch Nikos. Ohne Motor im Sturm war man in der Ägäis verloren. Sie befanden sich im offenen Meer und nicht in Küstennähe.

„Ich muss Bogdan anrufen. Wir brauchen Hilfe!"

Und Bogdan war nicht begeistert. Die Maschine mit dem Kunden konnte nicht landen und wurde nach Naxos umgeleitet.

Jetzt das.

Es geht nur mit einem Hubschrauber mit Winde, wenn der bei dem Wetter überhaupt startet. Es musste ein privater sein, denn die Küstenwache konnte er bei dieser Fracht nicht rufen.

Doch er wusste: Es würde kein Platz sein für zwei Männer und fünf Kinder, zumal sich die Kinder sicher nicht halten konnten, zumindest die Mädchen.

Also eine rationale Frage: wen rette ich?

Er meinte: wen *lasse* ich retten?

Die Ware. Die bringt das Geld. Wenn sich wenigstens die Jungen retten ließen.

Aber was wird dann aus Sergej und Nikos?

Berufsrisiko, dachte Bogdan zuerst. Dann erinnerte er sich daran, dass Nikos auf Empfehlung des Chefs zu ihnen gestoßen war. Wenn es da irgendwelche Verbindungen gab, war es wohl besser, ihn vom Schiff zu holen. Aber das würde Sergej nicht zulassen, wenn er merken sollte, dass er bleiben sollte.

Die Entscheidung war gefallen: beide Männer sollten – sofern möglich – gerettet werden.

Die Kinder konnten untergehen. Schade war es nur um deren Wert. Ich brauche Ersatz und das war im Moment nicht einfach, denn Moria war abgeriegelt worden.

Mist. Er wählte die Nummer von Kostas. Der betrieb einen Hubschrauber-Service am Airport von Mykonos.

Auf der „Calypso" wurde die Lage dramatischer, denn immer mehr Wasser sammelte sich auf dem Schiff und sorgte für leichte Schräglage.

„15 Minuten", sagte Nikos knapp.

„Der Hubschrauber kommt", antwortete Sergej, aber es ist nur Platz für uns!"

„Die Kinder bleiben unten?", fragte Nikos ungläubig.

„Wo sonst?", antwortete Sergej ungehalten.

„Lass uns dann wenigstens die Türe öffnen", meinte Nikos.

„Das wird ihnen auch nicht helfen. Aber erst kurz bevor du an der Winde hängst. Der Pilot darf die Kinder nicht sehen!"

„Die kommen gar nicht hoch, so schlecht geht´s denen!"

„Was bringt es dann?", fragte Sergej.

„Aber es beruhigt mein Gewissen. So haben sie wenigstens eine kleine Chance", gab Nikos zurück.

„Du hast ein Gewissen? Dann bist du in der Branche verkehrt", sagte Sergej und lachte.
Dann traf der nächste Brecher die „Calypso".

22

Fünfzehn Minuten später vibrierte Angelos´ Handy. Es war Gabriel, Angelos´ rechte Hand im Rathaus.

„Hi, ein Fischerboot hat auf dem Meer ein Boot gesehen, bei dem an Deck nur Kinder zu sehen sind. Sie sind sich ganz sicher, dass niemand am Steuer war. Aber die See ist zu rau, um mit dem Boot heranzufahren. Soll ich die Küstenwache verständigen?"

Kinder auf einem herrenlosen Boot? Angelos konnte sich denken, woher das Boot kam. Aus Lesbos.

„Nein, danke. Wir nehmen unseren. Von Naxos braucht die Küstenwache 15 Minuten.
Die Marine ist noch weiter weg!"

„Dann pass auf dich auf, Angelos!"

„Wer sagt, dass ich am Seil hänge?"

Gabriel lachte.

„Ich. Du bist ein Adrenalin-Junkie. Aber fliegt lieber los. Das Gewitter ist zwar abgezogen, aber das Meer ist immer noch aufgewühlt. Schreib dir die Position auf. Sie lautet ….."

„Gut. Ich melde mich. Überleg dir bitte schon mal, wo die Kinder hinkönnten", sagte Angelos.

„Khaled! Hubschrauber starten!"

Kurz erklärte Angelos Khaled und Yariv, was los war.

„Die Kids werden sich nicht halten können. Der Wind ist auf See stärker", wand Khaled ein.

„Stimmt. Ich muss runter und sie an mir festgurten!"

„Und wenn es mehr Kinder sind? Mehr als drei bringst du nicht hoch. Du bist nicht Superman!"

„Dann mache ich die anderen", sagte Yariv.

„Das brauchst du nicht. Es ist gefährlich", antwortete Angelos.

„Ich will aber. Und jetzt los, sonst gibt´s nichts mehr zu retten. Ich hole schnell meine Jacke."

Yariv rannte die Rampe ins Untergeschoss hinunter.

„Schneid hat er", sagte Khaled.

„Ich fürchte, er weiß nicht, was er da tut", antwortete Angelos.

„Angst um ihn?", fragte Khaled.

„Angst um uns alle", sagte Angelos, „ein Windstoß zur falschen Zeit…!"

„Pah. Du hast einen Meisterpilot bei dir!"

Angelos lachte.

Und der Meisterpilot schaffte es tatsächlich, den Hubschrauber stabil in der Luft zu halten.

Unter ihnen duckten sich fünf Kinder, denn der Hubschrauber machte es fast unmöglich, an Bord der Yacht zu stehen.

Über das Headset sagte Angelos zu Khaled:
„Ich hänge dran. Lass die Winde raus!"
Kaum hing Angelos in der Luft, merkte er, dass der
Wind noch immer kräftig war. Beinahe wäre er
gegen die Kufen geknallt. Auf der Yacht war an
Stehen nicht zu denken. Auf Knien rutschte er zu
dem ersten Kind, einem Mädchen, das von oben
bis unten voll von Erbrochenem war. Angelos
gurtete das Mädchen an, musste es aber
zusätzlich halten. Der Zusatzgurt war für Material
gedacht und die Belastungsgrenze mit einem
Kind erreicht. Aber er erreichte den Hubschrauber
und Yariv zog das Mädchen hinein.
Nach dem zweiten Kind wechselten Angelos und
Yariv die Gurte.
Er hat Angst, dachte Angelos. Ich sehe es.
Dennoch machte Yariv seine Sache gut. Aber
auch er war nach zwei Kindern erschöpft.
Eine Bergung von einem Hubschrauber aus ist
keine Kleinigkeit. Der Wind, die See und die
schaukelnde Yacht kosteten Kräfte.
Ein Kind blieb noch und Angelos beschloss, wieder
zu übernehmen. Kurz bevor er die Kufen erreichte,
geschah das Unvermeidliche: der Gurt riss unter
der Überbelastung und das Mädchen – Kind
Nummer fünf – sauste nach unten.
Während Angelos noch nach unten schaute,
sprang Yariv aus dem Hubschrauber ins Meer.
„Khaled! Die Winde bis ganz unten, damit Yariv sie
greifen kann", schrie Angelos.
Ich kann nicht mit runter, denn zwei Männer mit
Kind würden auch das Hauptseil reißen lassen.

Yariv tauchte wieder auf und schwamm zum Seil. Aber er hatte das Kind nicht im Schlepptau.

Angelos sah den gestreckten Daumen.

„Hoch, Khaled", rief er.

Als Yariv den Hubschrauber erreichte, schüttelte er nur den Kopf.

„Ich muss ihn wärmen", sagte Angelos über das Headset. Das Wasser hatte zwar schon 18 Grad, aber der Wind kann bei Durchnässung schnell zu einer Lungenentzündung führen.

„Ich werde schon nicht eifersüchtig", antwortete Khaled.

Angelos setzte sich hinter den zitternden Yariv und wärmte ihn.

Wir haben ein Kind verloren, dachte Angelos.

Nein: ich habe es verloren.

Bis zur Landung fiel kein Wort mehr.

Es war Angelos, der das Schweigen durchbrach.

„Khaled, kannst du bitte die Kinder in die Klinik fahren? Ich lege mich hin!"

Khaled nickte.

Als Yariv Angelos ins Haus folgen wollte, hielt Khaled ihn am Arm fest.

„Kümmere dich um ihn. Mach ihm klar, dass *wir* das Kind verloren haben, nicht er. Und für einen gerissenen Gurt kann er nichts. Tu, was du für richtig hältst, Yariv!"

Bevor Yariv etwas sagen konnte, fügte Khaled hinzu:

„Und spiel keine Spielchen mit ihm. Er hat dich ins Herz geschlossen – auch wenn du hetero bist!"

„Ich hätte nicht gedacht, dass er so reagiert. Man kann nicht immer alle retten. Angelos ist doch nicht so tough wie ich dachte", sagte Yariv.

„Ist das ein Fehler?", fragte Khaled.

„Nein. Im Gegenteil. Ich hätte es nur nicht erwartet!"

„Tja, du bekommst gerade einen Schnellkurs in Sachen Angelos!"

23

Angelos lag auf dem Bett und starrte die Decke an.

„Darf ich?", fragte Yariv. „Da ihr keine Türen habt, kann ich nicht klopfen!"

Er schmunzelte.

Angelos nickte, doch Yariv setzte sich nicht aufs Bett, er legte sich neben Angelos und stützte seinen Kopf auf die Hand.

„Es waren fünf Kinder, die alle gestorben wären. Vier davon haben wir gerettet. Auch, wenn das zynisch klingt: Das ist eine verdammt gute Quote", sagte Yariv leise.

„Aber das Mädchen ist mir durchgerutscht", entgegnete Angelos. „Und ich hätte es verhindern können. Ich wusste, dass ich einen Krampf bekommen würde und hätte es dir überlassen sollen!"

„Und in dem gleichen Moment habe ich gedacht, dass ich keinesfalls mehr nach unten kann. Auch ich hatte Schmerzen im Arm", sagte Yariv.

„Das sagst du, um mich zu trösten", flüsterte Angelos.

„Angelos Nikakis, gewöhn dich daran: ich meine, was ich sage!"

Gewöhne dich daran?

Angelos drehte sich zu Yariv und sah in ein lächelndes Gesicht.

„Im Übrigen: das war mutig von dir, einfach aus dem Hubschrauber zu springen", sagte Angelos.

„Ich war selbst überrascht", antwortete Yariv.

„Anscheinend kitzelst du aus Anderen verborgene Dinge heraus!"

Verborgene Dinge? Was zum Teufel meint er oder viel wichtiger: was will er?

Doch bevor Angelos ihn fragen konnte, sagte Yariv:

„Und jetzt ist keine Zeit für Selbstmitleid. Die Kinder müssen untergebracht werden. Dann müssen wir die Entführer finden. Das werden wohl die gleichen sein, die Samira und Philipos ermordet haben. Glaubst du, der Verlust der Kinder heute bringt sie dazu, aufzuhören? Nein, im Gegenteil. Sie stehen auf dem Schlauch, weil sie Nachschub brauchen. Die Kundschaft wartet. Irgendetwas müssen sie tun. Jetzt. Also komm jetzt in die Gänge!"

Dann beugte sich Yariv hinüber und gab Angelos einen Kuss auf die Backe.

„Ah. Schon wieder Gänsehaut. Die Energie ist zurück", sagte Yariv und stieg aus dem Bett.

Entweder treibst du ein böses Spiel mit mir oder du bist genauso verliebt, hast aber Angst, es zu zeigen.

Wer bist du also, Yariv Markaris?

24

Khaled, Angelos und Yariv saßen in der Küche.
„Und wie hat unser Chefarzt reagiert?", fragte Khaled.
„Er hat gefragt, wer das alles bezahlt", antwortete Khaled.
„Es lebe die Menschlichkeit. Mann oh Mann!", regte sich Angelos auf.
„Äh, sollten wir nicht herausfinden, wer der Eigentümer der Yacht war?", schlug Yariv vor.
Khaled prustete los.
„Nein", sagte Angelos. „Das Ding gehörte entweder einer panamaischen Holding oder war gestohlen!"

„Aber im Prinzip hast du schon recht", fügte er hinzu.
„Und jetzt? Die Kinder befragen?", fragte Yariv.
„Nein. Kinder taugen als Zeugen nie viel. Zu viel Phantasie. Nein, wir werden uns mal wieder auf unseren Freund verlassen müssen – oder besser: seine Technik", sagte Angelos.
„Abu Bakar?", fragte Khaled.

„Genau der!"

„Und wer ist das? Vom Geheimdienst oder Militär?", fragte Yariv.

Angelos grinste.

„Nein. Er ist der erfolgreichste Drogenhändler der Ägäis!"

Yarivs Gesicht fror ein.

„Ein Kommissar hat einen Drogenhändler als Freund?", fragte er ungläubig.

„Lass mich dir eine Frage stellen: Warum bekommt niemand das Drogenproblem in den Griff?"

„Zuwenig Geld und Personal", knurrte Yariv.

„Das ist die typische Antwort von uns Griechen und zwar für alles. Nein, Yariv, Drogen wird es immer geben, weil die Menschen sie wollen und auch brauchen", sagte Angelos.

„Brauchen?? Also ich brauche sie nicht!"

„Dann hattest du offensichtlich bisher ein problemfreies Leben. Ich hätte die drei Jahre nach meiner Vergewaltigung ohne Tabletten nicht überstanden!"

„Drogen?? DU?", fragte Yariv.

„Ja. Aber darum geht es jetzt nicht. Drogen wird es immer geben. Wichtig ist, dass die Ware gute Qualität hat, eine bestimmte Menge nicht überschreitet, keine Jugendlichen beliefert werden und dass es zu keinerlei Gewalt unter Dealern kommt!"

„Moment mal. Bedeutet das, dass hier Drogen-händler tun können, was sie wollen?"

„Hast du Angelos nicht zugehört? Es gibt vier Bedingungen, die erfüllt sein müssen. Nur dann, und nur dann, drückt Angelos ein Auge zu", ging

Khaled dazwischen. „Oder beide Augen", fügte er noch hinzu.

„Und seitdem hatten wir keine Drogentoten mehr, keine Schießereien zwischen Händlern – es ist eine Win-win-Situation", sagte Angelos.

„Aber du nimmst …", begann Yariv.

„Nein, ich nehme kein Geld dafür", antwortete Angelos eisig.

„Entschuldige, aber das klingt so absurd … Aber vielleicht ist das der bessere Weg. Und dieser Abu Bakar ist dann euer Vertragspartner und ihr garantiert ihm hier eine Art Monopol!"

„Genauso ist es", sagte Angelos.

„Und was sagen deine Vorgesetzten dazu?", fragte Yariv.

Khaled lachte.

„Yariv, du bist hier nicht mehr in Griechenland. Du bist auf Mykonos und hier bestimmt nur einer!"

Yariv lachte.

„Eine Inseldiktatur. Na ja, immerhin sieht der Diktator gut aus!"

Khaled grinste und Angelos wusste, warum.

„Und dieser Abu Bakar: wie kann er uns helfen?"

„Er hat einen schwimmenden Kommandostand, von dem aus er alles beobachten kann, was in der nördlichen Ägäis passiert. Er hat eigene Drohnen, um seine Lieferungen abzusichern und er kann jedes Telefongespräch mithören", sagte Angelos.

„Ohne richterlichen Beschluss, wenn ich das richtig verstehe", antwortete Yariv.

„Ein was?", fragte Angelos und grinste breit.

„Ich glaube, mich bringt hier nichts mehr weg", sagte Yariv und lachte.

Wieso überrascht mich das jetzt nicht, fragte sich
Khaled in Gedanken.

25

Wer ist denn der gutaussehende Mann,
den ihr mitgebracht habt?", fragte Abu
Bakar, während Khaled die Yachten
vertäute.
„Ein Kommissar", rief Khaled laut.
Kurzzeitig erblasste Abu Bakar.
„Entspann dich, er ist ein Freund", erklärte
Angelos.
„Ah. Ein neues Mitglied in deinem Fanclub?",
fragte Abu und grinste.
„Ich weiß nicht", sagte Angelos und schaute zu
Yariv. „Gehörst du zu meinem Fanclub?"
„Auf jeden Fall und in jeder Hinsicht", kam prompt
die Antwort.
„Dann kommt mal unter Deck", sagte Abu.
Khaled und Angelos kannten das Interieur schon,
doch Yariv blieb der Mund offen stehen.
„Kriminalität zahlt sich doch aus", sagte er.
„Warenimport, bitte", korrigierte ihn Abu Bakar.
„Also, meine Freunde: wie kann ich euch
behilflich sein?"
Angelos erklärte ihm kurz, dass er glaube, man
entführe Kinder von Lesbos und foltere und
vergewaltige sie dann. Live im Darknet.

Abu Bakar stöhnte.

„Ich bin bestimmt kein Engel. Auch ich habe schon getötet und gefoltert!"

Khaled dachte an den Mann, der beim letzten Besuch auf Abus Yacht im Nebenraum von der Decke hing und dem Abu mit einer Nagelpistole durch den Hoden geschossen hatte. Gott sei Dank sind wir seine Freunde, dachte Khaled.

„Aber überraschen tut es nicht. Rakka war ein Paradies für Kinderschänder. Von wegen Kalifat unter dem Banner des Islam. Ich bin eines Tages überraschend ins Büro meines Kommandeurs gekommen, während der einen 12-jährigen vergewaltigt hat. Er hat nicht mal aufgeschaut, geschweige denn aufgehört. Danach war für mich das Kalifat erledigt. Andererseits habe ich dort viel über Drogenhandel gelernt!"

Abu Bakar grinste.

„Aber ich habe nie ein Kind auch nur angefasst. Das ist widerlich. Ich befürchte, es gehört zur menschlichen Natur, muss aber dann auch nach den Gesetzen der Natur korrigiert werden!"

„Mit einer Nagelpistole?", fragte Khaled grinsend.

„Eine angemessene Vorgehensweise", sagte Abu lapidar.

„Hör zu. Gestern haben wir vier Kinder von einer herrenlosen Yacht heruntergeholt", sagte Angelos.

„Während des Gewitters? Mutig", meinte Abu Bakar.

„Vor allem von ihm", sagte Angelos und deutete auf Yariv.

„Ich hatte das Schiff auf dem Sonar. Es kam mir

verdächtig vor. Du weißt, ich achte aus geschäftlichen Gründen sehr auf den Verkehr in meinen Gewässern", sagte Abu.

„Deine Gewässer?", fragte Angelos und grinste. „Abus Ägäis?"

„Sei mal froh, dass ich hier aufpasse. Du hast davon schon öfters profitiert!"

„Stimmt. War nur ein Spaß", beruhigte Angelos Abu.

„Aber das Ding bewegte sich nicht von der Stelle, also konnte es kein Boot der Konkurrenz sein. Ich dachte, es sei ein Neureicher, der sich mit dem Wetter verkalkuliert hatte", sagte Abu.

„Nein. Es war eine Warenlieferung, bestehend aus fünf Kindern, von Lesbos nach Mykonos", antwortete Angelos.

„Was? Und die Besatzung?"

„Hat sich wohl aus dem Staub gemacht. Und an der Stelle brauchen wir dich! Hast du zufällig um die Zeit eine klitzekleine Drohne in der Luft gehabt? Und noch zufälliger vielleicht ein paar Handydaten?", fragte Angelos grinsend.

„Das ist aber eine lange Wunschliste", erwiderte Abu Bakar.

„Kürzer als deine Steuererklärung", sagte Angelos. Abu Bakar drehte sich zu Yariv und sagte:

„Da hast du dir einen sauberen Freund angelacht! Aber gut. Ich schaue, ob ich was habe und melde mich bei dir!"

Angelos lächelte.

„Damit behältst du das Hausrecht in Abus Ägäis!"

26

Das sind die ungewöhnlichsten Ermittlungen, die ich je erlebt habe. Das würde
mir niemand glauben", sagte Yariv auf
dem Trip zurück zum Hafen.

Treffen mit Abu Bakar fanden immer auf See statt.
„An Land fühle ich mich irgendwie nackt", hatte
er immer gesagt, war aber dann doch zu einer
privaten Feier bei Angelos und Khaled erschienen.
Es wurde der lustigste Abend seines Lebens.

„Du solltest darüber auch nichts erzählen, aber
das weißt du selbst. Ich bin sicher der falsche
Umgang für einen jungen Kommissar", sagte
Angelos.

„Ich bin gerade mal zwei Jahre jünger",
protestierte Yariv eher amüsiert.

„Entschuldige. Ich meine …", begann Angelos.

„Ich weiß schon, wie du es meinst. Es ist in jedem
Fall spannender als nach Lehrbuch!"

„Das geht aber nur, weil mir niemand auf die
Finger schaut. Zum Beispiel kein Bürgermeister",
sagte Angelos und grinste.

„Du müsstest dich selbst kontrollieren. Ich lache
mich hier noch tot. Und Athen? Ach ja, ich
vergaß: der Premier ist dein Freund. Wieso
eigentlich?"

„Weil sein Personal Trainer auf Mykonos entführt
und ich ihn retten konnte", sagte Angelos.

„Personal Trainer?", fragte Yariv.

Angelos schaute ihm nur in die Augen, sagte aber
nichts. Es dauerte auch nur drei Sekunden, bis
Yariv es begriffen hatte.

„Oh. Seid ihr überall?“

„Ihr?“, fragte Angelos zurück und lächelte. Das Spiel beherrsche ich auch, dachte er. Aber Yariv wechselte nach einem kurzen – bezaubernden – Lächeln sofort das Thema. „Was erwartest du dir von Abus Aufzeichnungen?“

„Wie kommt man bei schwerer See von einem Boot runter?“, fragte Angelos.

„So wie wir. Mit einem Hubschrauber. Ah. Die Männer haben die Kinder an Bord gelassen und sich vom Heli retten lassen. Man verfolgt, wo sie gelandet sind und …“, begann Yariv. Angelos schüttelte den Kopf.

„Nein. So einfach ist es wohl nicht. Aber vorher werden sie um Hilfe gebeten haben. Per Handy oder Satellitentelefon. Über Funk sicher nicht. Und die Küstenwache wollten sie ganz bestimmt auch nicht alarmieren!“

Angelos stand auf und ging die zwei Stufen hoch zu Khaled, der die Yacht gerade um Renia herumsteuerte. Er umarmte ihn von hinten.

„Möchtest du, dass wir auf Renia stranden?“, fragte Khaled lächelnd.

„Du wolltest doch immer mit mir auf eine einsame Insel!“, beschwerte sich Angelos.

„Ja. Aber was würden wir mit Yariv machen?“

27

Angelos und Khaled lagen im Bett.
„Was stimmt mit mir nicht?", fragte
Angelos. „Ich hatte mit Alex den fast perfekten Mann, dann treffe ich dich, den
perfekten Partner. Dennoch …"

„ … fühlst du dich wie ein 14-jähriger, der zum
ersten Mal verliebt ist! Ich will dir keinen Vorwurf
machen. Wärst du nicht so, wie du bist, hätte ich
keine Chance gehabt. Du hast Alex verlassen, als
du dich in mich verliebt hast. Ich hoffe, es geht mir
nicht genauso", sagte Khaled.

„Bist du verrückt?? Ich werde dich NIE verlassen.
Nur weil ich etwas irritiert bin, heißt das nicht, dass
ich auch nur daran denke …

Und überhaupt: außer ein paar zweideutigen
Sprüchen kam von Yariv ja nichts. Er ist hetero.
Basta!"

Khaled begann laut zu lachen.

„Das glaubst du jetzt nicht im Ernst. Ihr beide
schaut euch an wie zwei frisch Verliebte. Sag mir,
wie oft er mit seiner Freundin telefoniert hat seit
dem großen Krach", fragte Khaled.

Stimmt, dachte Angelos. Er hat nicht einmal aufs
Handy geschaut.

„Zur Not bindest du mich einfach fest und ich
meine das ernst", sagte Angelos.

Er hatte kaum ausgesprochen, da brummte das
Handy.

„Ich glaube es nicht, es ist kurz vor Mitternacht",
beschwerte sich Khaled.

„Es ist Abu", antwortete Angelos und drückte auf die grüne Taste.

„Sorry, aber ich dachte, ich sollte dir das Ergebnis sofort mitteilen. Und es wird dir nicht gefallen!"

Tatsächlich gefiel es Kommissar Angelos Nikakis überhaupt nicht.

„Was ist?", fragte Khaled, nachdem Angelos das Gespräch beendet hatte und wie gelähmt dalag.

„Nachtschicht. Küche. Und ich hole Yariv", sagte er knapp.

Als die drei fünf Minuten später in der Küche saßen, erklärte Angelos, was Abu herausgefunden hatte:

„Der Hubschrauber hatte eine falsche Kennung und ist am Flughafen gelandet, aber gleich wieder gestartet!"

„Dann muss aber ein Flugplan vorhanden sein", wand Yariv ein.

„Nein. Der kann bei medizinischen Notfällen nach-gereicht werden", sagte Pilot Khaled.

„Vergesst den Hubschrauber. Es sind die Gesprächsdaten. Ein Satellitentelefon", sagte Angelos.

„Ich dachte, das kann man nicht orten", fragte Yariv.

„Das denken Gott sei Dank viele. Es macht keinen Unterschied, ob das Gespräch über einen Funk-mast am Boden oder im All läuft. Ein Satellit ist nichts anderes als ein Funkmast. Die zwei Gespräche waren zwar verschlüsselt, aber es geht um den Standort", sagte Angelos.

„Nun spann uns nicht auf die Folter", knurrte Khaled.

„Es ist das Gästehaus der Regierung in Agios
Ioannis! Kein Irrtum möglich, denn bei Satelliten-
gesprächen lässt sich der Ort des Telefonats exakt
bestimmen und nicht nur der Funkmast, der nur
die ungefähre Gegend des Gesprächs verrät!"
„Braucht man dafür nicht einen Gerichts … ok,
das war eine blöde Frage", sagte Yariv.
„Das nennt man ‚Gefahr im Verzug'", antwortete
Angelos lächelnd.
„Und was machen wir jetzt?", fragte Khaled.
„Wir suchen nach Plänen, Zugangswegen und
überprüfen die Kameras. Alles, was man für einen
Zugriff braucht. Und ich werde mit der Villa
Maximos telefonieren, sobald jemand da ist",
sagte Angelos.

28

Oleg übergab sich erneut.
Er hatte sich den ganzen Tag nichts
anmerken lassen, obwohl er am liebsten
losgeheult hätte.
Ja, ich bin ein Krimineller.
Ich bin sogar ein Mörder.
Aber ich bin ein Vater und habe einen zehnjäh-
rigen Jungen. Nur unwesentlich älter als der, den
ich vergewaltigt habe.
Oder besser: musste.

Oleg versuchte, die Bilder im Kopf zu verscheuchen, doch das Schreien des Jungen hallte in seinem Kopf.

Aber was hätte ich tun können?

Nicht nur, dass die zwei Männer ihre Waffen auf ihn gerichtet hatten. Nein, Bogdan hatte auch beiläufig erwähnt, wo Ivan, Olegs Sohn, wohnt. Das genügte.

Er duschte zwanzig Minuten, doch das Gefühl, sich beschmutzt zu haben, ging nicht weg. Schuld und Ekel lassen sich nicht abduschen.

Was mache ich jetzt?

Ich muss zuerst meinen Jungen in Sicherheit bringen. Und dann?

Das hier muss ein Ende haben und zwar nicht nur für mich. Wenn ich mit meiner Tat weiterleben will, muss ich mein Gewissen zumindest soweit beruhigen, dass in Zukunft keine Kinder mehr zu Schaden kommen.

Das ist naiv, Oleg. Solange es Kunden, gut zahlende Kunden, gibt, geht es weiter. Wenn nicht hier, dann andernorts.

Egal.

Sobald ich wieder alleine bin, rufe ich … ja, wen rufe ich an? Ich kann nicht bei der Polizei anrufen, denn ich habe selbst …

Oleg googelte „Mykonos Polizei" und nach einigen Artikeln wusste er, wen er anrufen würde.

29

Angelos Nikakis!"

„Ah. Lassen Sie mich raten: Sie müssen unbedingt den Premierminister sprechen und zwar egal, ob er in Peking oder Brüssel ist", antwortete Eleni Kyriakos, Chefsekretärin in der Villa Maximos, dem Amtssitz des griechischen Regierungschefs.

„Nein, ausnahmsweise möchte ich heute etwas von Ihnen", sagte Angelos.

„Von mir? Ich dachte immer, ich falle so gar nicht unter ihr Beuteschema", antwortete Eleni.

Angelos lachte.

„Stimmt. Dennoch habe ich Respekt vor älteren Damen!"

Stille. Dann Gelächter.

„Man merkt, dass Sie nicht viel von Frauen verstehen. Ich bin zwar eine ältere Dame, aber sagen sollte man mir das nicht! Wenn Sie nicht so gut aussehen würden, wäre ich jetzt beleidigt!"

„Ich mache es wieder gut. Aber ich brauche wirklich Ihre Hilfe. Sie führen doch Buch, wer das Regierungsdomizil auf Mykonos benutzt!"

„Ja. Das muss bei mir angemeldet werden!"

„Könnten Sie bitte nachsehen, wer momentan dort ist?"

„Stavrakis. Der Koordinator …"

„ … für Flüchtlingsfragen. Und das schon länger, oder?", fragte Angelos.

„Drei Wochen. Angeblich nutzt er es als Basis für seine Besuche auf Lesbos, was ein ziemlicher Witz ist, denn Mykonos liegt nicht viel näher. Ich würde

sagen, er verbringt dort einen Urlaub auf Staats-
kosten", sagte Eleni.
Nein, dachte Angelos, das tut er nicht!

„Ein Mitglied der Regierung?", fragte Yariv
erstaunt.
„Jup. Und zufällig jemand, in dessen Aufgabenbe-
reich Moria liegt. Aber das sind nichts als Indizien,
noch dazu schwache. Damit lässt sich nicht viel
anfangen! Und die Kameras liefern auch nichts.
Schwarze Vans mit getönten Scheiben – typisch
für Regierungs- oder Personenschutzfahrzeuge!"
„Heißt, wir müssen warten und den nächsten
Transport abfangen", stellte Yariv fest.
Noch bevor Angelos nicken konnte, brummte das
Handy.
„Angelos Nikakis?"
„Ja. Und wer will das wissen?"
„Das tut nichts zur Sache. Sie haben tote Kinder
gefunden. Ich weiß, was mit ihnen passiert ist!"
„Das wissen wir auch. Wir wüssten nur gerne, wo",
entgegnete Angelos.
„Ich möchte, wenn ich es ihnen verrate, eine
Kronzeugenregelung!"
„Heißt, Sie haben mitgemacht?", fragte Angelos.
Stille.
„Also ja. Wenn Sie uns alles sagen, lassen wir sie
laufen. Die Bilder werden Sie ohnehin Ihr Leben
lang verfolgen!"
Der Anrufer zögerte und schnaufte hörbar.
Ein Vergewaltiger mit Gewissen und Reue? Mal
was ganz Neues, dachte Angelos.

„Kontrollieren Sie an der Kreuzung nach Agios Ioannis und der Straße zur Kläranlage. Morgen zwischen vier und fünf Uhr!"

Dann war das Gespräch beendet.

„Handyortung?", fragte Yariv.

„Nein. Der Anruf kam sicher aus dem Regierungshaus oder der Umgebung", widersprach Angelos.

„Dann rufen wir die Spezialeinheit und legen uns an der Kreuzung auf die Lauer", schlug Yariv vor.

Khaled lachte.

„Wir rufen garantiert nicht jemand aus Athen. So etwas regeln wir hier selbst!"

„ZU DRITT?", fragte Yariv.

Er zählt sich mit, dachte Angelos. Umso besser.

„Nein", sagte Khaled und ging zu einem Stahlschrank.

„Zu sechst, denn die drei Schmuckstücke sind auf unserer Seite!"

„Das ist doch eine MP3", sagte Yariv. „Solche Dinger hat die Polizei gar nicht!"

„Die Polizei in Athen nicht. Die Polizei auf Mykonos schon", antwortete Khaled lapidar.

„Schutzwesten?", hakte Yariv nach.

„Sind wir im Kinderprogramm?", fragte Khaled und lächelte.

„Jetzt klopfen Sie mal nicht so auf den Busch, Herr Oberstleutnant!", knurrte Angelos.

30

Um 03.30 Uhr stand das Team an der besagten Kreuzung, hinter einem kleinen, steinernen Schuppen.

„Also: Khaled, du und ich bleiben hier. Yariv, du versteckst dich hinter der Mauer. Wenn sie kommen, gibst du uns ein Signal über das Headset. Nach dem Abbiegen wirfst du, Khaled, die Blendgranate. Yariv, nach der Granate schießt du auf die Hinterräder. Du darfst nicht zu hoch zielen, sonst verletzt du die Kinder. Es darf auch kein Schuss auf den Teer gehen, die Querschläger könnten in den Innenraum gehen. Denk daran, dass, einer der Männer überleben sollte. Haben wir Glück, ist es unser Kronzeuge. Wenn nicht, müssen wir die Herren ausquetschen!"

„Und danach?", fragte Yariv.

„Könnte ohnehin alles anders aussehen. Lasst uns zuerst das Fahrzeug stoppen und die Kinder herausholen", sagte Angelos.

„Einwände?", fragte er.

Es gab keine.

Um 04.10 Uhr kam von Yariv das Signal. Der Wagen passierte ihn und bog nach links ab. Die Blendgranate erhellte die Nacht und Yariv legte sich hinter das Fahrzeug und zerschoss die Hinterreifen.

Doch an der vorderen Front reagierten Fahrer und Beifahrer anders als gedacht. Statt geblendet

auszusteigen, zerschlugen sie die Windschutz-
scheibe und feuerten wahllos in die Nacht.
Angelos und Khaled konnten die Deckung nicht
verlassen. Die Männer im Auto öffneten die Türe
und glitten geduckt ins Freie. Erneut eröffneten sie
das Feuer, ohne ein genaues Ziel. Doch sie
ahnten nicht, dass hinter dem Fahrzeug ein
weiterer Angreifer wartete. Beide Männer suchten
Deckung hinter dem Fahrzeug. Den am Boden
liegenden Yariv sahen sie nicht, der Lichteffekt der
Granate war längst verflogen.
Yariv schoss beiden mehrmals in den Rücken.
„Gesichert", sagte Yariv. „Sorry, mir war das Risiko
zu groß. Eine Straße ist keine gute Deckung!"
„Pass auf. Es könnte noch ein Dritter hinten bei
den Kindern sein", antwortete Angelos. Warte!"
Angelos kam geduckt näher und öffnete unter
Yarivs Deckung die Seitentür.
Er sah mehrere Kinder – vier, die weinend auf dem
Boden lagen.
„Gesichert, Khaled! Yariv, wir schmeißen die
Leichen über die kleine Mauer. Wir ziehen die
Masken der Herren auf und fahren mit dem
Transporter zum Eingangstor.
„Mit zwei zerschossenen Reifen?"
„Es ist nur ein Kilometer, hinter der Kuppe.
Außerdem ist ein Platten ja nichts Ungewöhn-
liches. Beobachtet können sie nichts haben,
höchstens gehört. Aber die Kuppe sollte einiges
geschluckt haben", sagte Angelos.
„Der Zugriff war zu nahe", meinte Yariv.
„Und wo hättest es du gemacht? Was, wenn sie
unten am Strand angelegt hätten?

Sicher konnten wir uns nur an der Kreuzung sein",
raunzte Angelos zurück.

„Und die Kinder?"

„Die sollen hinter dem Haus warten, bis wir zurück-
kommen. Es ist viertel nach vier. Da schläft jeder
und die Feuerwehr lasse ich nicht ausrücken!"

„Und jetzt?", fragte Khaled.

„Mützen auf und zum Tor fahren. Dass die Scheibe
zerschossen ist, sehen sie hoffentlich nicht. Und sie
rechnen mit zwei Männern mit Haube. Sobald das
Tor offen ist, springst du, Khaled, hinter den Busch
rechts. Yariv, du auch. Ich gehe nach links", sagte
Angelos.

„Schau mal, da liegt eine Fernbedienung",
meinte Yariv.

„Noch besser. Los", sagte Angelos.

Das Team rumpelte auf zwei Reifen die restliche
Strecke bis zum verschlossenen Tor. Die Fernbedienung verschaffte ihnen Zugang.

Sie sprangen wie besprochen aus dem Transporter, doch dann geschah etwas seltsames.

Das Hoflicht ging an und zwei Männer kamen aus
dem Gebäude.

Einer rief:

„Was zum Teufel ist hier los?"

31

Der Mann war Anfang vierzig, relativ groß und hatte blonde Haare.

„Ich bin Staatssekretär Stavrakis. Und dies ist eine Immobilie der Regierung. Ich verlange eine Erklärung für dieses gewaltsame Eindringen!"

Ein blonder Grieche?, dachte Angelos.

„Und ich verlange eine Erklärung, warum ein Fahrzeug mit vier entführten Kindern auf dem Weg hierher war. Es gibt kein anderes Anwesen an der Straße. Außerdem wurden von diesem Haus aus Gespräche mit den Entführern geführt und aufgezeichnet. Hinzu kommt, dass es einen Zeugen gibt, der ausgesagt hat, dass die entführten Kinder hier missbraucht und dabei gefilmt werden", sagte Angelos.

„Sind Sie komplett wahnsinnig? Wollen Sie mir unterstellen, dass ich mit diesen Entführungen etwas zu tun habe? Seien Sie vorsichtig, Herr Kommissar!", giftete Stavrakis.

„Und Herr Bürgermeister. Wir werden uns jetzt die Räumlichkeiten anschauen!"

„Und der Durchsuchungsbefehl?", fragte Stavrakis.

„Gefahr im Verzug. Und daher nehme ich Sie vorläufig in Haft. Wenn im Gefängnis das Telefon funktioniert, können Sie ja Ihren Anwalt anrufen", sagte Angelos.

„Das hat Konsequenzen. Sie sind erledigt. Wie heißen Sie überhaupt?"

„Ich bin Kommissar Angelos Nikakis!"

Als Khaled Stavrakis Handschellen angelegt hatte,
sagte Yariv leise zu Angelos:
„Sei mir nicht böse, aber das reicht nicht, um ihn
länger als 48 Stunden festzuhalten. Wenn
überhaupt!"
„Das weiß ich auch. Wir müssen in den Räumen
unbedingt irgendetwas finden. Und vor allem
brauchen wir den Anrufer!"
„Wenn er nicht einer der beiden Toten ist", gab
Yariv zu bedenken.
„Nein. Er wusste, dass wir den Wagen stoppen
und es zu einer Schießerei kommen könnte.
Er muss noch hier sein", sagte Angelos.
„Zumindest hoffe ich es!"

32

Aber sie fanden nichts und niemand. Der
zweite Mann neben Stavrakis war der
Hausverwalter. Sämtliche Räume und auch
die zwei separaten Bungalows waren leer.
Drei Stunden suchten Angelos, Khaled und Yariv
nach versteckten Türen oder Eingängen.
Nichts. Keine Tür, die sich auf wundersame Weise
öffnet, indem man ein Buch verrückt.
Angelos war stinksauer, Yariv und Khaled
schauten betreten.
Der Hausverwalter grinste dreckig und Angelos
konnte sich nur mit Mühe beherrschen.

„Ich vermute, Sie bekommen jetzt mächtig Ärger, *Herr Bürgermeister!*"

Angelos verließ das Haus wortlos und lief in Richtung Kuppe. Ihr eigenes Auto stand gut einen Kilometer entfernt, in Nähe der Kreuzung.

„Sollten wir ihn trösten?", fragte Yariv, der – zusammen mit Khaled – gut hundert Meter hinter ihm lief.

„Nein. Sag einfach nichts. Oh Gott, die Kinder sitzen noch immer da. Wir haben sie vergessen. Was machen wir jetzt mit denen? Zuhause können wir sie jetzt nicht gebrauchen, wenn die Hölle losbricht!"

„Die in Moria sollen sie abholen", schlug Yariv vor.

„Nein. Die hier haben eine Schießerei miterlebt, die anderen in der Klinik einen Sturm, allein auf See. Das können wir nicht tun!"

Khaled nahm sein Handy und rief das Rathaus an. Gabriel.

„Gabriel, wir brauchen einen Wagen in Agios Ioannis, der vier Kinder holt. Bring sie bitte in irgendeine Pension und sorg dafür, dass sie etwas zu essen bekommen. Weiter weiß ich jetzt auch nicht!"

Gott sei Dank war Gabriel ein Mensch, der nicht viel fragte und wenn, dann präzise.

„Ich vermute, Angelos will sie nicht nach Moria zurückschicken?"

„Das wollen wir beide nicht", sagte Khaled.

„Ich könnte über Facebook und Insta einen Aufruf starten, wer ein Kind für vier Wochen aufnimmt. Dann hätten wir schon mal Zeit gewonnen", schlug Gabriel vor.

„Du bist der Beste", sagte Khaled.

„Darf ich dich noch etwas fragen? Es gibt das Gerücht, ihr hättet einen neuen Untermieter?"

„Ja, einen Kommissar aus Athen!"

Khaled hatte sich ein paar Meter zurückfallen lassen.

„Hübsch?", fragte Gabriel.

„Zu hübsch. Ich glaube, unser Bürgermeister ist etwas durcheinander!"

„Er wird doch nicht ..", begann Gabriel.

„Das würde Angelos nie tun. Außerdem haben wir heute ein ganz anderes Problem.

Ich rufe dich später an!"

33

Es dauerte gerade eine Stunde, bis es an der Türe läutete.

Khaled öffnete und da stand Richter Mantzaris mit hochrotem Gesicht.

Mit einem grimmigen „Mann, oh Mann!" ging Mantzaris in die Küche.

„Espresso?", fragte Khaled.

„Ein Gläschen Zyanid wäre mir lieber. Wenn ich noch einmal mit diesem Widerling vom Justizministerium telefonieren muss, erschieße ich mich. Ein gewisser Gala ..., verdammt, wie heißen diese doofen Inseln? Egal!"

Mantzaris legte die Hand auf Angelos´ Schulter:

„Bitte sag mir, dass du mehr hast, als das, was ich weiß. Wenigstens den Zeugen?"

Angelos schüttelte den Kopf.

„Wenn ihr in dem Haus nichts gefunden habt – kann es sein, dass du dich komplett getäuscht hast?", fragte Mantzaris.

„Stavrakis ist für Moria verantwortlich. Von dort wurden die Kinder entführt. Das Telefonat vom Schiff wurde in das Regierungsanwesen zurückverfolgt. Wir haben den Anruf des Zeugen, ohne den wir den Transport heute Morgen nicht hätten stoppen können. Und das Fahrzeug war auf einer Straße unterwegs, die nur zu dem Anwesen führt. Sonst ist da nichts. Aber mir ist klar, dass das für einen Haftbefehl zu wenig ist. Herrgott, Alexandros, es geht um Kinder. Drei sind bereits tot, zwei ermordet, eines ertrunken und acht sind traumatisiert. Mein Bauchgefühl reicht dir nicht zufällig?", fragte Angelos eher rhetorisch.

„Mir würde es reichen. Aber Athen nicht.

Ich kann es bis morgen hinauszögern. Das musst du entscheiden. Mich wundert, dass dich noch niemand angerufen hat!"

Und das sollte sich genau in diesem Moment ändern.

Angelos schaute aufs Handy.

Die Villa Maximos.

„HAST DU EINE AHNUNG; WAS DU MIR EINGEBROCKT HAST?", fauchte Premierminister Migiakis.

Angelos´ Stimme wurde eisig.

„Ist das die angemessene Begrüßung unter Freunden? Darf ich dich daran erinnern, dass ich dir mehr als nur einmal geholfen habe?"

Stille.

„Du hast keine Vorstellung, was hier los ist. Stavrakis gehört zu meinem Koalitionspartner. Die laufen gerade Amok. Willst du die Regierung stürzen?"

„Griechenland würde es nicht schaden", raunzte Angelos.

Migiakis begann zu lachen.

„Hör zu. Die Herren wollen Köpfe rollen sehen. Ich habe ihnen erklärt, dass man dir nicht an den Karren fahren kann, weil du juristisch Angestellter der Gemeinde bist …"

„ …und damit der Bürgermeister mein Dienstherr ist. Und das bin ich selbst. Ich darf dir meine Entscheidung mitteilen: Kommissar Nikakis hat vollkommen richtig gehandelt", sagte Angelos.

Wieder lachte Migiakis.

„Aber Antonis, stell dir den Skandal vor, wenn herauskommt, dass dein Staatssekretär Kinder entführen und vergewaltigen lässt?!"

„Hast du Beweise? Wenn nicht, weiß ich von nichts!"

„Typisch. Vielleicht sollte ich etwas an die Medien durchstechen …", sagte Angelos.

„Dann verklagt dich Stavrakis. Obwohl: das zahlt ihr aus der Portokasse. Hör mir doch zu. Ich habe eine elegante Lösung gefunden. Der Kommissar aus Athen, der dabei war, wird gefeuert. Die Idioten der anderen Partei haben sich letztlich damit zufriedengegeben!"

„Yariv entlassen? Das kommt überhaupt nicht infrage. Er hat überhaupt nichts falsch gemacht. Außerdem habe ich den Einsatz geleitet!"

„Tut mir leid. Mehr konnte ich nicht herausholen. Ein Bauernopfer muss es geben", sagte Migiakis.

„Dann rede ich mit dir kein Wort mehr Und schöne Grüße an Pavlos!"

Angelos legte auf. Mit hochrotem Kopf.

Yariv war kreidebleich im Gesicht.

„Keine Angst. Da ist das letzte Wort noch nicht gesprochen!"

Angelos tippte auf seinem Smartphone herum.

„Yassu, Pavlos. Ich brauche deine Hilfe. Deine bessere Hälfte ist dabei, mir gewaltig in den Rücken zu fallen. Und ich finde das absolut schäbig, nachdem wir dich …"

Zwei Minuten später.

„Danke. Also nochmal: Er kann Yariv auf dem Papier beurlauben und ihn nach Mykonos versetzen. Ich beschäftige ihn sechs Monate und dann bekommt er seinen Posten in Athen zurück, wenn er es will. Glaubst du, das kriegst du hin?"

„Ich werde ihm mit Sexverbot drohen. Das klappt immer", antwortete Pavlos lapidar.

„Außerdem würde ich ohne euch wahrscheinlich nicht mehr leben!"

„Und das hat Antonis offensichtlich vergessen!"

Angelos lachte.

„Efcharistó, Pavlos!"

Khaled lachte.

„Dein treuer Fanclub …"

„Wo ist Yariv?", fragte Angelos.

„Der telefoniert draußen. Ich denke, es ist sein Chef!"

„Zuerst muss ich Mantzaris anrufen, dass er Stavrakis freilässt. Und die Taxizentrale, dass sie alle

Taxis vom Parkplatz und der Promenade abziehen. Kinderschänder können zum Flughafen laufen", sagte Angelos.

„Du bist dir noch immer sicher?", fragte Khaled.

„Ja. Und ich weiß, wer uns helfen könnte!"

„Abu?", fragte Khaled.

„Nein. Zunächst eine ältere Dame! Aber hol doch bitte Yariv. Er weiß noch nichts von der guten Nachricht für ihn!"

„Für ihn oder für ihn und dich?", fragte Khaled.

„Willst du dass er auf der Straße steht, nur weil du einen Hahnenkampf austragen willst – obwohl nichts, aber auch gar nichts passiert ist? War ich mit Yariv überhaupt nur einmal alleine?", knurrte Angelos.

34

Oleg saß in einem kalten, betonierten Kellerraum, an Händen und Beinen mit Tape gefesselt.

Wieder standen die zwei Idioten mit ihren Waffen vor ihm und hatten den Gesichtsausdruck von Robotern.

Das sind sie auch, dachte Oleg, sonst hätten auch sie etwas übernommen. Aber wahrscheinlich haben sie keine eigenen Kinder.

Oleg machte sich keine Illusionen. Nachdem der Transport am Vortag gestoppt und zwei Männer erschossen worden waren, ging die Suche nach dem Verräter los. Dass die Polizei von alleine darauf gestoßen war – unwahrscheinlich.

Ich frage mich nur, wie sie auf mich gekommen sind. Alle im Haus wechselten täglich Handy und Karte. Außer …

Dann kam Oleg die Erleuchtung. Bogdan war nach Olegs anfänglicher Weigerung, ein Kind zu vergewaltigen, misstrauisch geworden und hatte ihm SIM-Karten untergejubelt, die manipuliert waren. Oleg überlegte, wann er die letzten Karten erhalten hatte.

Es war am Tag danach.

Oleg seufzte. Damit ist mein Schicksal besiegelt. Hätte ich nur … Aber ich hatte damit gerechnet, dass Nikakis das Haus findet und dann hätte ich mich zu erkennen gegeben. Warum dieses Horrorstudio unentdeckt blieb, war Oleg ein Rätsel. Halt.

Habe ich jemals den Eingang gesehen? Nein, ich musste eine Kapuze tragen.

Was bedeutet, dass auch jetzt keine Rettung kommen würde.

Mein Sohn, dachte Oleg – wenigstens er ist in Sicherheit.

Die Tür ging auf und Bogdan kam herein.

„Mach es schnell", sagte Oleg, denn er machte sich keine Hoffnung.

„Wieso sollte ich? Wir wären fast aufgeflogen wegen dir. Aber eben nur fast!"

Bogdan grinste.

„Außerdem habe ich noch eine kleine Über-raschung für dich!"

Er öffnete die Türe. Ein kleiner Junge wurde in den Raum geschoben.

„Komm her und sag Papa ‚Hallo'!"
Oleg begann zu schreien.
„Beruhige dich. Ihr seid bald am selben Ort!"

35

Kaum hatte Angelos alles erklärt, stieß Yariv einen Stoßseufzer aus.
„Ich danke dir!"
„Nicht nötig. Hab ich gern gemacht. Wärst du nicht hier, wärst du auch nicht in Schwierigkeiten gekommen", antwortete Angelos und lehnte sich an die Spüle. Khaled stand neben ihm.
Yariv murmelte etwas vor sich hin.
Was hat er, dachte Angelos und auch Khaled schaute fragend.
Plötzlich stand Yariv auf, ging auf Angelos zu und kniete sich hin.
„NEIN, Yariv. Das musst du nicht tun!"
„Müssen nicht, aber wollen", sagte Yariv grinsend. Es geschah so schnell, dass Angelos nicht wusste, was er tun sollte. Er dachte gerade noch „Khaled ist da. Neben mir!!", aber da hörte Angelos schon nichts mehr. Außer Glocken. Und er sah Sterne. Der Junge ist gut, dachte er in einem hellen Moment. Plötzlich hörte Yariv auf und rutschte auf den Knien zu Khaled.
Das Spiel begann erneut.

Angelos war erleichtert. Was, wenn Khaled davongerannt wäre? Wieso habe ich es zugelassen? Stört es mich, dass er jetzt Khaled … Nein, ich finde es … toll.

Weil du in den Kleinen verschossen bist, sagte die Stimme der Wahrheit. Aber ich liebe Khaled über alles, war Angelos´ Antwort. Muss sich das ausschließen, machte sich die Stimme erneut und fragend bemerkbar.

Außerdem: auch Khaled genoss es.

Dann kroch Yariv zum Tisch zurück, setzte sich auf den Stuhl, lehnte sich zurück und grinste breit.

„Ihr zwei schaut süß aus mit euren heruntergelassenen Hosen und den zwei Schranken. Übrigens, Angelos, du schmeckst nach …"

„Pfirsich, ich weiß!"

Angelos schaute Khaled an und nickte nur.

„Aufstehen, Kleiner, und Hose runter. Wir katapultieren dich jetzt ins All", sagte er.

Lässig stand Yariv auf und knöpfte seine Hose langsam auf. Er weiß genau, wie er wirkt, dachte Angelos.

„Los, Khaled, eine Achterbahnfahrt rückwärts für den Herrn!"

Und Yariv zitterte am ganzen Körper. Seine Finger krallten sich in den Tisch. Und auf dem Gesicht sah man nur reinstes Glück.

Ich habe den tollsten Mann der Welt, dachte Angelos und lächelte Khaled an, der auch mit großer Freude am Werk war.

Als Angelos wieder an die Reihe kam, fingen Yarivs Beine an zu zittern. Was dann kam, war der Schwall eines Steigrohres.

Angelos verschluckte sich und begann heftig zu husten.

Yariv sank erschöpft auf dem Stuhl zusammen und ließ den Kopf hängen.

Khaled bedeutete Angelos mit einer Kopfbewegung ‚Weg. Lass ihn!'

Beide stellten sich wieder an die Spüle.

„Was hat er?", flüsterte Angelos.

„Post-Orgasmus-Depression", murmelte Khaled.

Gibt´s das wirklich, dachte Angelos. Hoffentlich ist er nicht sauer.

„Entschuldige, ich dachte …, es tut mir leid", sagte Angelos.

Yariv hob seinen Kopf und über sein Gesicht strömten Tränen.

Oh Mist, dachte Angelos – doch er täuschte sich.

„Was soll dir leidtun? Das war … phänomenal. Aber … bin ich wirklich schwul?"

Bevor Angelos etwas sagen konnte, meinte Khaled lapidar und trocken wie immer:

„Wer ist besser? Deine Freundin oder wir?"

„Die Frage stellt sich wirklich nicht. Ich … macht es euch etwas aus, wenn ich kurz auf die Terrasse gehe? Ich bin etwas wirr", sagte Yariv.

Angelos legte den Arm um Khaled und sagte:

„Du bist der außergewöhnlichste Mensch, den ich je kennengelernt habe. Und ich liebe dich über alles, Khaled. Nach dem eben hier noch mehr!"

„Ich sehe doch, wie du in den Kleinen verschossen bist! Weißt du, es ist wie bei dir und mir. Du warst mit Alex zusammen und hast ihn wirklich geliebt. Dann hast du mich getroffen und dich in mich verliebt. Du hast zwei Menschen geliebt und warst zu beiden ehrlich. Ich werde nicht Alex´ Fehler wiederholen und dir drohen oder dich unter Druck setzen, nur weil du für jemand anders etwas empfindest. Das kann man nicht steuern. Aber ich will dich nicht verlieren – und du willst bei mir bleiben. Da bin ich mir sicher. Also werde ich nichts tun, außer dir zu helfen, damit klarzukommen. Kein Druck, kein Gestänker. Ich möchte nur eines: Ehrlichkeit!"

Angelos liefen die Tränen übers Gesicht.

„Ich könnte dich nie verlassen. Schon gar nicht nach dem, was du gerade gesagt hast. Ich liebe dich über alles. Ich habe nur … ich …"

„Du hast Schmetterlinge im Bauch, richtig?", fragte Khaled.

Angelos nickte.

„Dann lass sie tanzen. Dein Prinz bleibt an deiner Seite, was immer auch sein mag. Das habe ich dir versprochen", sagte Khaled und gab Angelos einen Kuss.

36

Durch den Nachteinsatz waren die Herren früh müde.
Als Angelos und Khaled im Bett lagen, konnten beide aber nicht einschlafen.
„Ich werde versuchen, dass Migiakis Yarivs Verbannung früher aufhebt", sagte Angelos.

„Weil du mir einen Gefallen tun willst oder weil du Angst hast vor dem, was passieren könnte?"

„Wenn ich dir einen Gefallen tue – wäre das denn verkehrt?"

„Und wie so oft komme ich deinen Argumenten nicht bei. Aber das ist in Ordnung. Ich würde keinen Mann wollen, der es mir leicht macht", sagte Khaled und lächelte.

„Was ist? Du wirkst unruhig!", fügte Khaled hinzu.

„Ich weiß nicht, ob das heute richtig war!", sagte Angelos.

„Er wollte es. Zumindest bei dir!"

„Als wäre er bei dir weniger am Werk gewesen", knurrte Angelos.

„Wohl eher, um Ärger zu vermeiden oder dich nicht in Schwierigkeiten zu bringen", sagte Khaled.

„Trotzdem: der Kerl ist vollkommen durch den Wind. Er ist 28. Ein bisschen spät für ein Coming-out!", meinte Angelos.

„Wenn es denn eines ist. Vielleicht ist er bi oder es liegt nur an dir. Dass einen eine Person packt, unabhängig vom Geschlecht, gibt es ja auch. Ich wäre bei dir auch schwul geworden", sagte Khaled und lachte.

„Sehr witzig. Du warst es schon", sagte Angelos.

„Gott, war ich glücklich in dieser ersten Nacht", erinnerte sich Khaled.

„Und ich war vollkommen durcheinander. Das war eine fiese, kalkulierte Falle!"

Angelos grinste.

„Bereust du es?", fragte Khaled, obwohl er die Antwort kannte.

„Darauf bekommst du jetzt keine Antwort. Aber nochmal zu Yariv. Der liegt jetzt unten im Gästezimmer – allein. Sollten wir nicht nach ihm schauen und mit ihm reden, wenn er will?", fragte Angelos.

„Wenn, dann spricht er mit dir. Aber du kannst gerne nach ihm schauen. Ich bin dir nicht böse. Vielleicht sehen wir dann alle klarer", sagte Khaled.

„Und wieder überrascht du mich", antwortete Angelos und stieg aus dem Bett.

Zwei Stockwerke tiefer sah Angelos, dass das Licht noch brannte. Die Gästezimmer hatten – im Gegensatz zu den anderen Räumen – Trenn-wände und Glastüren.

Angelos klopfte. Als er das Zimmer betrat, freute sich Yariv sichtlich. Von Verwirrung keine Spur.

Herrje, ich ahne, welche Art Klarheit ich bekommen werde, dachte Angelos.

„Na, wie geht´s unserem Naturtalent?"

„Ein bisschen durch den Wind, aber gleichzeitig fühle ich mich irgendwie leichter", sagte Yariv.

„Äh, die Frage ist mir fast peinlich: hab ich es richtig gemacht?"

„Hast du mir nicht zugehört? Ich sagte ‚Naturtalent'! Aber das ist nicht wichtig. Ist es dir wirklich recht, dass du die nächste Zeit hier bist?", fragte Angelos. „Mehr konnte ich nicht erreichen!"

„Es ist mir sehr recht. Ich lerne hier mehr. Beruflich und .. na ja!"

Yariv lachte.

„Du musst lernen, nicht herumzudrucksen. Sag

immer klar, was du meinst!"

„Gut. Wie ist das mit dem zweiten Teil. Also dem ..
äh ... Analverkehr?", fragte Yariv.

Herrgott. Diese schwarzen Augen und dieses
pechschwarze, gelockte Haar. Er ist definitiv
schöner als ich.

„Es tut weh. Es ist nicht so, wie du es dir vielleicht
vorstellst. aber es ist ein wohliger Schmerz. Aber es
spielt nicht die entscheidende Rolle, obwohl jeder
Hetero es so vermutet. Du solltest es mit
jemandem tun, den du liebst. Anders ginge es
zumindest bei mir nicht. Aber du hast einiges
nachzuholen, von daher ist es deine Entscheidung", sagte Angelos.

„Komm, leg dich fünf Minuten her, Angelos. Ich
tue dir nichts", sagte Yariv und lächelte.

Aber vielleicht ich, dachte Angelos, legte sich
dennoch aufs Bett.

Yariv schaute Angelos tief in die Augen.

„Was ist, wenn ich dich als Nummer 1 wollte?"

Da haben wir es, dachte Angelos und sagte erst
einmal nichts.

„Ich sagte, du solltest es mit jemand tun, den du
liebst!"

„Das habe ich schon verstanden. Eben darum",
sagte Yariv mit leiser Stimme. „Und sag jetzt nicht,
dass du nichts für mich empfindest!"

Angelos holte tief Luft.

„'Immer geradeheraus' hast du gesagt", legte
Yariv nach.

„Du sollst mir nicht meine eigenen Sätze vorhal-
ten", sagte Angelos und grinste breit.

„Aber: ich bin zumindest verwirrt und ich
befürchte …"

„ … dass du dich in mich verliebt hast", vollendete Yariv und strahlte.

„Aber ich bin mit Khaled verheiratet und glücklich. Was aber nicht heißt, dass man sich nicht verlieben kann. Dennoch: Ich könnte ihn nicht verlassen", stellte Angelos fest.

Ein Schatten huschte kurz über Yarivs Gesicht.

„Das verstehe ich. Aber dennoch könntest du mein Erster sein!"

Wie soll das denn funktionieren, fragte sich Angelos.

„Wenn dann nur mit Khaleds Einwilligung. Aber das klären wir bitte nicht heute. Ich habe zugegeben, dass ich einiges für dich empfinde!"

„Immer geradeheraus", sagte Yariv grinsend.

„Herrgott. Ja, ich bin in dich verliebt. Reicht das jetzt?"

„Auf jeden Fall!"

Angelos ging wieder nach oben. Natürlich war Khaled noch wach.

„Uuuuund?"

„Ja. Er hat sich in mich verliebt. Und er will, dass ich sein Erster werde!"

„Oops. So deutlich hatte ich es nicht erwartet. Und was hast du geantwortet?", fragte Khaled.

„Dass wir das nicht heute entscheiden. Und wenn, dann nur mit deiner Einwilligung!"

Khaled lachte.

„Die gleiche Situation wie bei dir und Alex. Und der Eindringling war ich. Da sitze ich sauber in meiner eigenen Falle!"

„Nein. Ich meine es ernst. Ein ‚Nein' von dir ist ein ‚Nein'. Basta!", sagte Angelos. „Und bis auf

weiteres schlafe ich nur mit dir. Außer du verzich-
test darauf!"

„Nun sei nicht eingeschnappt. Ich weiß doch,
dass nichts passiert ist!"

„Bitte keine dummen Sprüche zu mir und schon
gar nicht zu Yariv. Er kann nichts dafür und ich
auch nicht. Herrgott, du warst in genau der
gleichen Lage wie er", knurrte Angelos.

„Darf der ehemalige Kronprinz jetzt ein bisschen
fummeln?", fragte Khaled mit unschuldigem Blick.

„Hm. Der Kronprinz nicht, aber Khaled schon!"

37

Am nächsten Morgen, genauer um 11.25
Uhr, putzte der zweite Espresso Angelos´
Gehirn durch. Yariv war putzmunter und
fröhlich.

„Ich hasse Leute, die in der Früh gut gelaunt sind",
knurrte Kommissar Angelos Nikakis.

„Glaube ich dir. Aber mich liebst du!"

„Wenn du weiter so frech grinst, überlege ich mir
das nochmal. Dann kannst du dir eine neue
Nummer eins suchen! Außerdem haben wir eine
Menge Arbeit!"

„Zu Befehl. Schließlich bist du seit heute mein
neuer Chef", sagte Yariv und versuchte, das
Grinsen zu unterdrücken.

Auch Khaled kam – noch ziemlich zerknautscht – in die Küche.

„Gut, dann können wir ja jetzt weitermachen. Als Erstes brauche ich die Villa Maximos, sagte Angelos und tippte auf seinem Handy herum.

„Eleni? Yassu, Nikakis. Äh, nein, ich brauche nicht Antonis, sondern Sie!"

Stille.

Dann lachte Angelos.

„Ich dachte, Blumen sind bei Frauen nie verkehrt!"

Wieder lachte Angelos.

„Ich habe keine Aufnahmen von mir ohne Shirt. Ich bin doch kein Model. Außerdem bin ich verheiratet!"

Stille.

„Also gut, ich frage Khaled, ob er welche hat. Ja, versprochen. Sie haben doch die Telefonnummern aller Regierungsmitglieder, also sowohl die dienstlichen als auch die privaten, oder?"

Stille.

„Natürlich weiß ich, dass die vertraulich sind. Ich brauche auch nur die von Stavrakis!"

Stille.

„Wozu? Ich müsste jetzt sagen: ‚vertraulich', aber ich vermute, dass er Dreck am Stecken hat. Und zwar besonders widerlichen Dreck!"

Stille.

„Ein Abendessen mit mir? Aber … Na gut, versprochen. Hätten Sie auch noch seinen Terminplan für die nächsten zwei Wochen? Ich weiß, der ändert sich ständig, aber wenigstens grob!"

Stille.

„Super. Ja, versprochen ist versprochen!"

Angelos beendete das Gespräch.

„Abendessen mit einer älteren Dame? Schlimm, wenn man einen eigenen Fanclub hat", sagte Khaled amüsiert.

„Und du gehst gefälligst mit. Wozu habe ich einen Ehemann?", antwortete Angelos grinsend.

„Also, meine Herren, Telefongespräche und Finanzen. Abu könnte sich um die Handydaten kümmern. Yariv, wie gut seid ihr im Überprüfen von Finanzen?"

„Wir bekommen regelmäßig Hilfe vom FBI. Es gibt ein Abkommen zwischen den USA und Griechenland über den Austausch von Daten wegen der ganzen Schiffsabschreibungen. Die Amerikaner kennen bei Steuerhinterziehung keine Gnade!", sagte Yariv.

„Da hätten die bei uns viel zu tun", knurrte Angelos.

„Jedenfalls habe ich bei denen noch etwas gut. Du willst wissen, welche Gelder Stavrakis im Ausland geparkt hat?"

„Genau das!"

„Ich rufe gleich an", sagte Yariv.

Angelos schaute Khaled an.

„Und wir beide treffen uns mit Abu!"

38

"Ich grüße euch, meine Freunde", sagte ein gutgelaunter Abu Bakar.

„Was ist denn mit dir los? Hattest du gestern Sex?", fragte Angelos.

Erst dann sah er eine blonde Schönheit, die sich auf der Sonnenliege räkelte.

„Alles klar!"

Abus Yacht lag in der Bucht von Renia, nur knapp einen Kilometer von Angelos´ und Khaleds Villa.

„Mein Gott, hier könnte man Millionen verdienen. Das ist der schönste Strand in der ganzen Ägäis", sagte Abu.

„Du hast recht. Und deswegen ist die Insel Sperrgebiet. Sonst wird Renia zum Privatbesitz einiger Milliardäre, die ihr Geld auf zweifelhafte Weise verdienen", antwortete Angelos. „Zum Beispiel Drogenhändler!"

Abu Bakar lachte laut.

„Nicht jeder findet einen reichen Kronprinzen", konterte er.

„Treffer und versenkt", meinte Khaled.

„Kommt nach unten. Sie soll ja nicht mithören", sagte Abu.

„Hat sie einen Namen?", fragte Angelos.

„Ja. ‚Frau'!"

Angelos und Khaled lachten laut.

„Kaum zu glauben, dass wir uns gegenseitig umbringen wollten", meinte Angelos.

„Stimmt. Wäre schade um uns beide gewesen. Womit kann ich meinem Kommissar behilflich sein? Ich hörte, deine Razzia ging in die Hose?"

„Wenigstens konnten wir die Kinder befreien. Ansonsten hast du recht - es war ein Desaster. Aber ich bleibe dabei: mit dem Haus stimmt was nicht. und Stavrakis muss etwas damit zu tun haben. Kannst du seine Handys im Auge behalten?", fragte Angelos.

„Auch im Ohr?", lautete Abus Gegenfrage.

„Besonders im Ohr. Sehr illegal, ich weiß. Aber es muss Waffengleichheit bestehen und meist hinken wir hinterher", sagte Angelos.

„Gut. Noch etwas?"

„Ja. Hast du die letzten Tage Wärmebild-aufnahmen von der Anlage?"

„Nein. Aber ich kann die Drohne auf Wärmebild umschalten. Dann hast du die Bilder so gegen 23 Uhr. Die Außenluft …"

„ … muss sich erst abkühlen für den Kontrast. Begriffen", sagte Angelos.

„Bleibt doch hier. Ich bekomme später Essen vom ‚Leto´s' geliefert. Ihr müsst ohnehin warten und das könnt ihr auch hier. ‚Frau' stört ja nicht, sie redet wenig. Ganz erstaunlich für eine Frau", sagte Abu Bakar.

„Würden wir gerne, aber wir können Yariv nicht zuhause arbeiten lassen und hier ‚la dolce vita' machen!"

„Dann kommt Ihr abends, bringt ihn mit und wir schauen uns alles gleich live an", schlug Abu vor.

39

Es war ein lauer Maiabend und windstill, ideal für ein „Captain´s Dinner". Ein Kapitän und vier Gäste.

„Heiliger Gott. Wer hat denn hier alles arrangiert. Doch nicht etwa du?", fragte Khaled.
„Nein. Wo denkst du hin? Das war der Catering-Service vom ‚Leto´s'!", sagte Abu Bakar.
„So etwas arrangiert man doch nur, wenn man verliebt ist", meinte Angelos. „Das ist ja nicht zu toppen! Die Yacht, die Kerzenleuchter, das Meer!"
Abu lachte.
„Also ich bin garantiert nicht verliebt. Ich weiß nicht mal den Namen von ‚Frau'. Ist von euch jemand verliebt?", fragte Abu.
„Und wie", sagte Yariv.
„Oha. Und wo ist die Glückliche? Oder der?"
„Er ist immer mit mir", antwortete Yariv. Und Angelos war dankbar, dass die Antwort sibyllinisch klang.
Khaled grinste amüsiert.
Er ist sich sehr sicher, dachte Angelos und das zu Recht. Alex, Khaleds Vorgänger, war bereits ausgeflippt, wenn ein anderer Angelos nur angelächelt hatte. Khaled hingegen war weder eingeschnappt noch kamen dumme Sprüche. Er weiß, dass es für mich schwierig ist und hilft mir, dachte Angelos und lächelte Khaled an.
Es wurde ein entspannter Abend.
„Gibt´s hier zum Dessert noch etwas … ich hab noch nie ..", sagte Yariv.

„Tut mir leid. Oberste Regel: koste nie von deiner eigenen Ware", antwortete Abu.

„Schade. Ich bin gerade in der Ausprobierphase", sagte Yariv lapidar.

Angelos lief der Espresso durch die Nase und er musste husten.

„Klärt ihr mich vielleicht mal auf, was hier los ist?", fragte Abu.

„Das ist doch ganz einfach", sagte Khaled.

„Unser Kommissar aus Athen wurde von uns bekehrt und hat sich prompt in unseren Sonnenschein verliebt!"

Angelos suchte in Khaleds Gesicht nach Ironie oder Spott, aber da war nichts.

„Muss ich mich dafür schämen?", fragte Yariv. „Ich tue doch nichts!"

„Nein, nein. Es ist alles in Ordnung. Ich mag dich, Angelos ist verliebt in dich – was kann man mehr wollen?", sagte Khaled.

„Und bevor wir jetzt alle seltsam werden: es ist halb elf und wir sollten uns an die Arbeit machen", meinte Angelos.

„Schade. Wurde gerade interessant", meinte Abu knapp.

„Genau deswegen", gab Angelos zurück.

Auf dem Weg unter Deck fragte Angelos Khaled leise:

„Was soll das? War das zynisch gemeint? Wir hatten ausgemacht: keine dummen Sprüche!"

Aber Khaled küsste Angelos und antwortete:

„Nein. Ich habe nur die Wahrheit gesagt. Ich bin nicht eifersüchtig, wenn du das meinst. Und ich mag Yariv wirklich. Er sieht fast so gut aus wie du. Aber eben nur fast. Deswegen gebe ich dich auch nicht kampflos auf", flüsterte Khaled in Angelos´ Ohr.

„Was redest du da? Ich tue nichts und werde auch nichts tun, wenn du es nicht willst", knurrte Angelos.

„Das weiß ich doch", sagte Khaled. „Bleib locker! Ich bin es doch auch!"

Die beiden folgten Abu und Yariv in den „Technikraum", eine Kommandozentrale, die jedem Schlachtschiff zur Ehre gereicht hätte. Aber als erfolgreichster Drogenbaron zwischen Athen und Beirut muss man alles im Blick haben. Nicht dass ein Konkurrent plötzlich meint, er könne seine Ware *hier* präsentieren.

„Noch 16 Minuten. Dann kann uns Yariv ja erzählen, was er herausgefunden hat. Er wollte es vorhin ja nicht verraten", sagte Abu.

Mykonos´ neuer Vize-Kommissar Yariv Markaris grinste.

Er hat tatsächlich etwas gefunden, dachte Angelos.

„Stavrakis ist sauber. Die Amerikaner haben nichts. Weder das FBI noch die Steuerbehörde!"

Angelos stöhnte.

„Und warum grinst du dann?"

„Hab Geduld. Aber ich habe mir aus der Zentralkasse die Reisekostenrechnungen schicken lassen. Nicht ganz astrein, aber jeder hat irgendwo Freunde sitzen. Nun, Stavrakis fliegt alle zwei Wochen nach Brüssel!"

„Was nicht erstaunlich ist als Staatssekretär für Flüchtlingsfragen", knurrte Angelos, doch Yariv lächelte immer noch.

„Das Auffällige ist, dass die Sitzungen alle gegen 17 Uhr endeten, er aber nie am selben Abend zurückflog, sondern erst am folgenden Mittag!"

„Er macht sich halt einen schönen Abend in Brüssel. Nicht ganz astrein, aber das sind Peanuts", sagte Abu.

„Mit Peanuts seid ihr schon auf der richtigen Spur. Stavrakis fuhr nach jeder Sitzung mit dem Zug nach Antwerpen", sagte Yariv.

„Was? Woher .., woher weißt du das? Sag nicht, dass er eine Fahrkarte mit der Kreditkarte gekauft hat", fragte Angelos, plötzlich hellwach.

„Nein. Seit den Anschlägen in Brüssel sind am Bahnhof in Antwerpen an allen Übergängen zur U-Bahn Gesichtsscanner. Ich habe mich gefragt, wohin würde jemand fahren, der Geld deponieren oder holen will. Dann fiel es mir ein. Er will nichts deponieren oder holen. Er will Geld waschen und sofort wieder mitnehmen. Im Diplomatengepäck. Keine Überweisung, nichts, was Spuren hinterlässt!"

Abu nickte anerkennend.

„Diamanten. Die beste Währung der Welt und leicht zu transportieren. Zur Not schluckt man sie. Herr Stavrakis traf nach jeder Sitzung mit dem 20.04-Uhr-Zug in Antwerpen ein. Ich habe ihn vier Mal auf dem Schirm. Jedes Mal ging er ins Diamantenviertel und das wird überwacht wie Fort Knox. Vier Mal betrat er den Laden eines Händlers namens Lobowitz.

Nichts davon ist strafbar, aber eines ist sicher: Stavrakis ist unser Mann. Wir könnten ihn bei seinem nächsten Ausflug begleiten und dann auf ihn warten", sagte Yariv.

„Das hast du alles heute …?", fragte Angelos.
„Nein. Ich habe am Tag der Razzia angefangen, ein paar Kollegen und Freunde kontaktiert. Die belgischen Kollegen sind in Sachen Kinderschänder besonders gestraft.
Und ich kenne sie alle. Sie waren mehr als hilfsbereit. Ich musste ihnen allerdings versprechen, dass wir alle Informationen teilen und da sehe ich kein Problem!"
Angelos war sprachlos.
„Ich wollte dir beweisen, dass ich ein guter Kommissar bin", fügte Yariv hinzu.
„Ich muss kurz raus", sagte Angelos und ging an Deck.
„W-was habe ich verkehrt gemacht?", fragte Yariv irritiert.
„Überhaupt nichts. Geh ihm hinterher", sagte Khaled.

40

Angelos stand an der Reling.
„Sei nicht sauer auf mich, ich wollte nur zeigen, dass auch ich meinen Job verstehe", sagte Yariv.
„Hältst du mich für so selbstverliebt, dass ich sauer auf *dich* bin? Ich ärgere mich über *mich*. Ich habe nicht genügend über den Punkt ‚Stavrakis´ Vermögen' nachgedacht. Hätte ich es, hätten wir

ihn vielleicht festhalten können", antwortete Angelos.

„Außerdem habe ich dich unterschätzt und ich weiß nicht, warum. Also wenn sich jemand entschuldigen muss, dann bin ich das!"

„Wir mussten Stavrakis ohnehin freilassen. Zu dem Zeitpunkt hatte ich nicht genug", meinte Yariv. „Es ist einfach schön hier. Das Meer, die Yacht – und du! Darf ich dich etwas fragen?"

„Klar!"

„Wann hast du gemerkt, dass du etwas für mich empfindest?", fragte Yariv.

„In der Sekunde, als du in Siopsis´ Büro kamst. Es war zunächst wohl nur das Aussehen, oder die Ahnung, dass sich dahinter ein netter Kerl verbergen könnte. Herrgott, als ob man das erklären könnte", sagte Angelos.

„Ich fand dich schon vorher interessant", meinte Yariv.

„Was meinst du mit ‚vorher'?", fragte Angelos überrascht.

Yariv holte tief Luft.

„Das Darknet ist mein Fachgebiet. Und sei mir jetzt nicht böse: ich habe das Video deiner Vergewaltigung gesehen und dich erkannt. Der Bürgermeister von Mykonos, schwul und mit einem Kronprinzen verheiratet – da kommt man öfters ins Fernsehen. Ich war so geschockt, dass ich Ermittlungen aufnehmen wollte und bin zu Siopsis. Und er hat mich dann aufgeklärt. Sie sind bis auf einen tot, nicht wahr?"

Angelos nickte.

„Mein Ex-Mann hat zwei getötet, einer hat sich aus dem Staub gemacht. Wenn du das Video gesehen hast, wirst du verstehen, dass ich ungern darüber rede."

„Das würde ich auch nicht. Die gute Nachricht ist: es ist gelöscht. Ich habe den Server eine Woche lang gesucht und dann in Moldawien gefunden. Das Video ist seitdem nicht mehr aufgetaucht – und das ist jetzt vier Wochen her", sagte Yariv leise. Er stand jetzt direkt hinter Angelos.

„Danke. Wahrscheinlich bist du der bessere Kommissar. Du wirst Karriere machen in Athen!"

„Würdest du mich vermissen?", fragte Yariv. Angelos zögerte.

„Sehr. Aber ich würde Khaled nie verlassen und das weiß er!"

„Dann ist er ein außergewöhnlicher Mann. Aber wenn alles entschieden ist, wäre ja nichts dabei, wenn ich dich jetzt küssen würde", sagte Yariv.

„Du drückst gerne auf gefährliche Knöpfe, nicht wahr?", fragte Angelos.

„Nur wenn es sich lohnt!"

Die Augen, das gelockte Haar und die Stimmung, nachts auf dem Meer … und dann passierte es. Angelos und Yariv küssten sich.

Was beide nicht ahnten: Khaled stand auf der untersten Stufe und sah alles.

Aber er lächelte.

41

Noch zwei Minuten, dann ist sie über Agios Ioannis", sagte Abu. „Die Bilder kommen ein paar Sekunden später", sagte Abu.
Alle vier starrten auf den Riesenbildschirm. Plötzlich erschien ein Rauschen auf dem Schirm, dann kam der Gebäudekomplex zum Vorschein.
„Stopp", sagte Angelos.

„Was sind denn die Rechtecke im Garten?", fragte Khaled.

„Könnten die Pools sein. Das würde die Form erklären, denn Gebäude stehen hinter dem Haupthaus keine, die Bungalows sind das da rechts und links!", antwortete Angelos.

„Nein. Die eine Fläche ist wärmer, die andere kälter. Schau hin, Angelos. Die eine Fläche hat 24 Grad. Das ist der Pool, der noch die Wärme des Tages gespeichert hat. Die andere hat 19 Grad und das ist der Normalwert einer Klimaanlage in einem Gebäude. Da dort aber nichts steht …"

„ … ist ein Komplex unter der Erde. Ein Bunker!", ergänzte Angelos.

Er lächelte Yariv an. Gut gemacht, Kleiner.

„Aber wir haben keinen Zugang gesehen und wirklich – gerade im Keller – alles durchsucht, jede Wand abgeklopft", sagte Angelos.

„Ich glaube, da kann ich helfen", sagte Abu.

„Ich habe – wie du weißt – längere Zeit in Beirut gelebt und gearbeitet!"

„Gedealt", ging Angelos dazwischen.

„Ich war ein Händler wie jeder andere auch. Wer Alkohol verkauft ist gesetzestreu, wer Drogen anbietet, ist ein Krimineller", beschwerte sich Abu. „Weißt du, was das Wort ‚Droge' eigentlich bedeutet?"

„Natürlich. Drugs bedeutete ursprünglich Medikament und Kokain war lange Zeit ein wirksames Therapeutikum gegen Schmerzen und Depressionen. Und ja, du hast recht. Das ganze Drogengetue ist heuchlerisch. Unter anderem aus diesem Grund habe ich den Deal mit dir geschlossen. Und weil ich mir keine Kugel mehr in meiner neuen Leber einfangen wollte", sagte Angelos grinsend.

„Gut. Jedenfalls habe ich in Beirut in einer Villa gewohnt, die direkt neben dem Gästehaus der libanesischen Regierung. Nach 9/11 sind die Amerikaner vollkommen durchgedreht. Sie haben nicht nur ihre Botschaften zu Festungen ausgemacht, sondern auch den anderen Nationen klargemacht, dass hochrangige Vertreter der USA nur in ihre Länder kommen werden, wenn man auch in Regierungsgebäuden für maximale Sicherheit sorgt. Dies gilt besonders für Übernachtungen und daher für alle Gästehäuser. So wurden in fast allen Gästehäuser Panic Rooms oder Bunker eingebaut. Und die Arbeiten wurden von den Amerikanern bezahlt und ausgeführt – unter strengster Geheimhaltung. In Beirut hat man vor meine Villa einen fünf Meter hohen Sichtschutz hochgezogen. Die Baufirmen kamen aus den USA. Die örtlichen Regierungen hatten meist nichts zu sagen!"

„Als ob das heute anders wäre", knurrte Angelos.

„Und damit – gerade in Beirut – keine Pläne über die Verwaltungen weitergeleitet werden …"

„ … gibt es keine vor Ort", fügte Angelos hinzu.

„Und bei uns schon gar nicht. Hier gab es bis 2009 nicht mal ein Katasteramt!"

„Es ist nur eine Vermutung", sagte Abu.

„Aber irgendwer muss doch in den örtlichen Regierungen davon wissen. Der Bunker wird im Notfall ja auch von denen benutzt", wand Angelos ein.

„Natürlich. Aber allerhöchstens der Secret Service der Regierung. Schon beim Innenministerium und selbst beim Geheimdienst waren die Amerikaner mit dem Informieren sehr knausrig", erklärte Abu. „Zumindest im Libanon war das so!"

„Und da unser Verhältnis zu den USA auch nicht viel besser ist, verfuhr man in Athen ähnlich. Oder viel wahrscheinlicher: man hat es schlicht übersehen. Aber dann bleibt eine Frage: wie konnte Stavrakis davon erfahren? Ein Staatssekretär für Flüchtlinge wusste davon garantiert nichts", argumentierte Angelos.

Yariv sagte nur ein Wort: „Manöver!"

„Denk nach. Vor zwei Jahren fand in der Ägäis das große Seemanöver der NATO statt. Bei diesen Manövern wird auch simuliert, wie Regierungen evakuiert werden. Natürlich nimmt man nicht die richtigen Politiker, sondern niedrigere Chargen. Wenn Stavrakis dabei war …"

„Dreißig-Null für dich, Yariv", sagte Angelos.

„Aber die Listen der Teilnehmer wurden sicher nicht im Internet veröffentlicht. Und wenn ich in Athen nachfrage, bekommt er Wind davon!"

„Nicht unbedingt. Migiakis´ Vorzimmerdame könnte es wissen. Und die gehört zu deinem Fanclub", sagte Khaled. „Aber du wirst nicht mir ihr schlafen deswegen!"
Angelos entsetzter Blick war nicht gespielt.
„Eher stecke ich ihn in einen Reißwolf", hatte er einmal zu Alex gesagt.
„Also müssen wir bis morgen warten", stellte Angelos fest.

42

Es war nach Mitternacht, als Angelos, Khaled und Yariv wieder in Ober-Ornos eintrafen. „Espresso als Absacker?", fragte Khaled. Er erntete Nicken.
„An das Manöver hätte ich nicht gedacht. Ich weiß nur, dass damals die gesamte Halbinsel abgeriegelt wurde", sagte Angelos.
Khaled kam hinzu und verteilte die Mokka-Tässchen.
„Wieder ein toller Tag", sagte Yariv.
„Mir wäre langweilig lieber", antwortete Khaled.
„Kann ich einen Moment mit dir sprechen, Khaled?", fragte Yariv und deutete auf den Garten.
„Wehe, ihr lästert über mich", sagte Angelos lächelnd.

Der Garten war kein Garten. Es war in den letzten Jahren so ziemlich alles an Vegetation eingegangen. Nur Kakteen und Bougainvilleas hatten den dramatischen Wassermangel überlebt.

Khaled und Yariv setzten sich auf die Brüstungsmauer.

„Du willst mir sagen, dass du meinen Mann liebst", sagte Khaled.

„Nein, ich liebe Angelos!"

„Was das Gleiche ist", entgegnete Khaled.

„Nein. Das eine klingt nach Eindringen, das andere ist ein reines Gefühl!", meinte Yariv.

„Aber wahrscheinlich hätte mich jeder andere an deiner Stelle hinausgeworfen!"

„Warum sollte ich? Außerdem hätte ich dann gewaltigen Ärger mit Angelos bekommen", sagte Khaled.

„Liebt er mich auch?"

„Puh. Er ist zumindest verliebt, was nicht immer das Gleiche ist!"

„Ich, äh, ich wollte dir nur sagen, dass ich dich sehr mag und nichts kaputt machen will", sagte Yariv.

„Hör zu: du bist in der gleichen Lage wie ich damals. Angelos war mit Alex zusammen. Dann tauchte ich auf. Ich hatte mich in Sekunden verliebt, hatte aber keine Chance!"

„Wie hast du es geschafft, dass ..."

„Ich habe gewartet, war immer zur Stelle, wenn es Angelos schlecht ging. Das rang ihm Respekt ab und das verwandelte sich mit der Zeit in Liebe! Dann kamen wir zusammen. Es war ein Traum, von dem ich nie geglaubt habe, dass er wahr wird!"

„Aber letzteres wird mir nicht passieren. Schön für dich …", antwortete Yariv mit trauriger Stimme.

„Das weiß man nicht. Man besitzt keinen anderen Menschen. Auch ich besitze Angelos nicht. Über seine Gefühle entscheidet nur er. Wenn man denn über Gefühle entscheiden kann!"

Yariv holte tief Luft.

„Wie war dein erstes Mal?"

Khaled lachte.

„Ein Desaster. Ein Stricher aus Istanbul!"

„Oh. Das blüht mir dann wohl auch. Oder irgend-ein Dahergelaufener in einer Bar!"

„Nein. Gerade das erste Mal sollte mit einem Menschen sein, den man liebt", sagte Khaled.

„Und genau das geht nicht, weil er nicht frei ist", antwortete Yariv.

„Angelos ist nicht unfrei. Ich habe nichts dagegen, wenn … „

„WAS?"

Durch Yariv ging ein Ruck.

„Er liebt dich. Und ich habe geschworen, ihm niemals Probleme zu bereiten. Für Gefühle kann man nichts. Ihn zu verlieren, wäre für mich unerträglich. Außerdem solltest du wirklich dein erstes Mal nicht mit einem Trottel verbringen. Aber: ich bin mir sicher, er bleibt bei mir", sagte Khaled.

„Du erlaubst mir …?"

„Ich erlaube *euch* … Natürlich nur, wenn er will. Es kann sein, dass er ‚nein' sagt, aber ich werde ihn nicht drängen – in keine Richtung!"

Yariv rückte etwas näher und küsste Khaled auf die Backe.

„Du bist der außergewöhnlichste Mensch, den ich je kennengelernt habe!"

„Das sagt Angelos auch öfters", antwortete Khaled.

43

Du hast was?", fragte Angelos, als sie im Bett lagen.

„Jetzt reg dich nicht auf. Ich möchte doch nur, dass du frei entscheiden kannst und nichts tust, nur weil ich es so will. Oder nicht will. Und sag jetzt nicht, dass du nicht mit Yariv schlafen möchtest!"

„Das kann ich dir jetzt nicht sagen. Ja, er sieht verdammt gut aus und ich bin durcheinander. Aber das heißt nicht, dass ich …"

„Sagt doch auch keiner. Außer, dass du selbst entscheiden kannst und ich dir nichts nachtrage. Sofern du natürlich bei mir bleiben willst. aber da bin ich mir sicher! Kann ich doch, oder?"

„Das ist die dümmste Frage des Jahrhunderts. Ich liebe dich – muss ich das zehn Mal am Tag sagen?"

„Warum nicht? Wäre schön", sagte Khaled. Angelos musste lachen.

„Himmel. Ich wusste es in dem Moment, als er in das Büro kam. Nun sag nicht, dass er dich nicht reizt!"

„Ich habe dich. Das reicht mir!"

„Das klingt aber nicht nach einem Kompliment!"

„Ist aber eines. Ich mag ihn, aber ich bin eben nicht verliebt. Abgesehen davon sollte ihm das erspart bleiben, was wir beide beim ersten Mal erlebt haben. Es sollte kein Stricher und kein Idiot sein!"

„Du meinst, ich stelle mich besser an als ein Stricher oder Idiot? Das ist wieder so ein verunglücktes Kompliment!"

„Gott, bist du empfindlich. Aber so sind Verliebte. Es ist doch ganz einfach: du entscheidest!", sagte Khaled.

„Wenn Yariv an so einen gerät wie ich damals, bekommt er einen Schaden fürs Leben", stellte Angelos fest.

„Eben. Es würde ihn glücklich machen!", meinte Khaled.

Angelos stöhnte.

„Genau davor fürchte ich mich!"

44

Angelos stürmte am nächsten Morgen in die Küche.

„Ihr werdet es nicht glauben. Stavrakis war tatsächlich an dem Manöver beteiligt. Er spielte den Premierminister. Ist das nicht witzig?"

Wie erwartet: Eleni als Chefsekretärin von Migiakis wusste alles. Wer wann wo war.

„Und da entdeckte er den Bunker und seine Möglichkeiten. Zwei Monate zuvor war er Staatssekretär für Flüchtlingsfragen geworden!"

„Was immer noch nichts beweist", erwiderte Khaled.

„Natürlich nicht, du Spielverderber. Aber zuerst muss ich es mir beweisen! Und dann müssen wir schauen, dass wir in diesen Bunker kommen. Ich hoffe nur, Stavrakis macht eine Pause. Der Gedanke, dass da im Moment Kinder unten sind, da wird mir ganz übel!"

„Aber wenn niemand weiß, wo der Eingang ist? Jedenfalls muss der Hausverwalter mit denen unter der Decke stehen. Vielleicht sollten wir ihn etwas schärfer rannehmen", schlug Yariv vor.

„Aha. Gegen ihn haben wir noch weniger in der Hand als bei Stavrakis. Und ‚schärfer rannehmen'? Meinst du Waterboarding oder sowas?", fragte Angelos amüsiert.

„Wenn´s hilft", antwortete Yariv trocken. Khaled lachte.

„Ihr zwei würdet gut zusammenpassen. Der gleiche mangelnde Respekt vor dem Rechtsstaat!"

„Sagt jemand aus den Emiraten", spottete Angelos.

„Also: wir kommen wir dann rein?", fragte Yariv.

„Wir produzieren eine nationale Notlage, sodass der Premier in den Bunker muss. Ganz einfach", sagte Angelos.

„Aha. Eine nationale Notlage, wie: ‚Hilfe. Die Türken kommen?'!", fragte Khaled.

„Das klingt schon mal gut!"

„Schön und gut. Aber wie kriegst du Migiakis nach Mykonos? Er ist – glaube ich – im Moment nicht gut auf dich zu sprechen, nach deinem Anruf bei Pavlos!"

„Das kriege ich schon hin. Vertraut mir", sagte Angelos. „Und meine Freundin wird mir helfen!"

45

Schon wieder?", fragte Eleni. „Arbeite ich in der Villa Maximos oder für die Gemeinde Mykonos?"

„Sie sind jederzeit willkommen", sagte Angelos.

Eleni lachte.

„Sie schleimen wie ein Hetero!"

„Ich meine es ernst, Eleni. Aber ich brauche wieder mal Ihre Hilfe. Wir haben einen nationalen Notstand", meinte Angelos.

Eleni lachte noch lauter.

„Stimmt. Und zwar seit 1822. Seit unserer Unabhängigkeit. Unter den Türken herrschte wenigstens Ordnung!"

Angelos prustete los.

„Der war gut. Aber ich würde das nicht zu laut sagen!"

„Ich bin hier quasi festgewachsen und habe acht Premierministern gedient. Die meisten davon waren ausgesprochene Idioten", sagte Eleni bestimmt.

„Und manche waren kriminell. Genau deswegen rufe ich an! Könnten Sie Herrn Stavrakis bei seinem nächsten Besuch einen Kaffee in die Hand drücken und die Tasse hinterher in eine Plastiktüte packen? Antonis soll sie dann mitnehmen. Und bitte die Tasse …"

„Nur mit Handschuhen berühren. Ich lese durchaus Krimis! Ich habe eine Frage: hat er es wirklich getan?"

„Ja", sagte Angelos bestimmt.

„Dann bekommt er einen Kaffee mit dem übelsten Abführmittel, das ich kriegen kann!"

„Mit dir rede ich nicht mehr", sagte Premierminister Migiakis. „Der Anruf bei Pavlos war unter der Gürtellinie. Im wahrsten Sinne des Wortes. Er hat mir mit Sexverbot gedroht!"

Angelos lachte laut.

„Das ist nicht witzig. Und jetzt erfahre ich, dass sich selbst meine Chefsekretärin deinem Fanclub angeschlossen hat. Wie hast du denn das geschafft?"

„Charme", war die knappe Antwort.

„Weiter!"

„Na gut. Ein Abendessen und ein paar Fotos",
gab Angelos zu.

„Nackt?"

„Spinnst du? Ich bin verheiratet!"

„So? Wie man hört, findet der Herr Bürgermeister
Gefallen an einem Kommissar aus Athen", sagte
Migiakis genüsslich.

Das gibt´s doch nicht, dachte Angelos.

„Gefallen ist gar kein Ausdruck. Wir vögeln rund
um die Uhr, Idiot!"

„Selber. Also – was willst du?"

Fünf Minuten später war der Tag für Antonis
Migiakis gelaufen.

„Um Gottes Willen. Du hattest doch recht? Damit
ist meine Regierung am Ende. Ein Staatssekretär,
der am Kinderhandel beteiligt ist – das bleibt auch
an mir kleben!"

„Nicht unbedingt. Es gäbe da noch eine andere
Lösung", sagte Angelos.

Dieses Mal dauerte es nur zwei Minuten, bis
Migiakis stöhnte.

„Oder bist du etwa anderer Meinung? Die
Verantwortung trage allein ich", sagte Angelos. Er
wusste, dass Migiakis zustimmen würde. Die
Regierung wäre gerettet.

„Gut. Dann brauchen wir noch einen Grund,
warum ich nach Mykonos fahre! Stavrakis sollte ja
auch keinen Verdacht schöpfen!"

„Natürlich. Übermorgen kommt unser neuer
Pelikan aus den Emiraten. Unser Maskottchen.

Wieder so ein stinkendes Vieh. Aber den Leuten gefällt´s. Und da er den Namen ‚Antonis' tragen soll, musst du einfach zur Taufe kommen. Ich hoffe, du fühlst dich geehrt!", sagte Angelos.

„Ein stinkendes Vieh trägt meinen Namen. Sehr schmeichelhaft", ätzte Migiakis.

„Ich rette deine Regierung. Ob ich Griechenland damit einen Gefallen tue, sei mal dahingestellt!" Migiakis lachte.

„Du bist und bleibst ein Arschloch vor dem Herrn!"

„Danke. Und bring Pavlos mit. Ich möchte mich bei ihm bedanken", sagte Angelos.

„Bleibt bei dem Bedanken die Hose oben?", fragte Migiakis.

46

Premierminister Antonis Migiakis musste seine ganze Autorität spielen lassen – die laute Autorität -, um zu erreichen, dass sein Secret Service ihn nicht bei seinem Besuch beim Bürgermeister der Insel begleitet, sondern sich direkt zum Gästehaus der Regierung begibt.

„In dem Haus sind zwei Kommissare und ein Oberstleutnant. Die können besser schießen als ihr", knurrte Migiakis.

Er war noch immer übelst gelaunt, als er bei den Herren Nikakis in Ornos eintraf. Pavlos, sein Begleiter, verdrehte die Augen.

„Na, du alter Gauner! Herzlich willkommen", sagte Angelos. „Pavlos! Lass dich drücken!"

„Aber nicht zu lange. Sonst kriegt er auch noch die Angelos-Seuche", knurrte Migiakis.

„Tja, ältere Männer und die Wechseljahre", meinte Angelos und Pavlos prustete los.

„Alle ab in die Küche!"

Dort saßen bereits Khaled und Yariv.

„Hallo, Khaled. Und Sie müssen der Kommissar aus Athen sein, sein neues Opfer!"

„Yariv Markaris, Herr Premierminister!"

„Zu dem Gauner brauchst du nicht ‚Herr Premierminister' sagen. Und übrigens, Antonis: Yariv ist freiwillig hier und wir hatten keinen Sex", knurrte Angelos.

„Wie ungewöhnlich", meinte Migiakis und grinste.

„Alle nach draußen. Espresso kommt!"

Angelos und Khaled standen an der Espresso-Maschine und füllten die Tassen.

„Sollten wir Yariv mitnehmen?", fragte Angelos.

„Wenn er halbwegs schießen kann, warum nicht?"

„Du weißt, dass nicht alles legal sein wird. Trotz Elenis Tasse werden die Fingerabdrücke nicht reichen – wenn sie denn überhaupt da sind. Ihn werden wir heute nicht erwischen, laut Eleni ist er auf Lesbos!"

„Step by step, mein Schöner", sagte Khaled, ging zum Küchenschrank und holte vier Konservendosen.

„Champignons zum Espresso?", fragte Angelos. Aber Khaled war schon weg.

Als Angelos auf die Terrasse kam, standen die vier Dosen auf der Brüstung.

„So, Herr Kommissar Markaris. Beretta holen und die Dosen wegfegen", sagte Khaled.

Angelos wollte protestieren, aber Yariv war schon hineingegangen.

„Es ist zu seinem Schutz!", sagte Khaled.

„Er soll von hier aus schießen? Aus hundert Meter Entfernung?"

Aber Yariv protestierte nicht. Khaled stellte ihn an den Rand der Terrasse und sagte nur: „Los!"

Es knallte vier Mal – und es flogen Champignons durch die Luft. Die Dosen waren Geschichte.

„Noch Fragen?", sagte Yariv mit einem Grinsen im Gesicht.

Angelos lachte.

„Also, los. Ich kann nicht ewig bleiben. Was soll ich tun?", fragte Migiakis.

„Eleni schaltet um 15.00 Uhr die Kommunikation in der Villa Maximos ab. Davor informiert sie den Secret Service über eine Anschlagsdrohung gegen dich und zwar angeblich eine Bombe im Gästehaus der Regierung. Die Herren hier vor Ort können in Athen nicht nachfragen, weil der Secret Service in der Villa sitzt. Um sicher zu gehen, werden sie dich in den Bunker bringen, hoffen wir zumindest. Sobald du den Eingang gesehen hast, übernehmen wir – vielleicht solltest du ein bisschen zur Seite gehen, falls Kugeln durch die Luft pfeifen", erklärte Angelos.

„Nein", sagte Pavlos, der bisher fast nichts gesagt hatte. „Das ist mir zu gefährlich. Ich brauche den alten Mann noch. Wir machen es so: Nachdem der Eingang gefunden ist, sagt Antonis, dass er noch dringend etwas holen muss und rennt ins

Haus zurück. Die Security-Männer werden ihm folgen. Sobald er drinnen ist, könnt ihr loslegen!"

„Könntest du statt ‚ich brauche den alten Mann noch' vielleicht sagen, dass du mich liebst?", knurrte Antonis Migiakis.

„Es bedeutet doch das Gleiche!", sagte Pavlos und grinste.

„Gut. Und wir warten hinter dem einen Bungalow und suchen uns dann eine Deckung, je nach Lage des Eingangs", sagte Angelos.

„Das ist ja sehr konkret", meinte Khaled spöttisch.

47

Um 15.03 Uhr rannten mehrere schwarze Anzüge mit Migiakis aus dem Haus. Zielstrebig liefen sie zum hintersten Bungalow, an dessen Rückseite Abfallcontainer standen. In Sekunden hatten sie diese weggeschoben.

Einer der Männer holte einen kleinen Kasten heraus und drückte einen Knopf. Die gepflasterte Fläche öffnete sich und schwenkte nach oben.

„Stopp. Ich habe mein Handy liegenlassen", rief Migiakis und noch während des Satzes rannte er zum Haus zurück – gefolgt von seiner Security. Angelos, Khaled und Yariv suchten Deckung hinter den Containern. Yariv warf zuerst zwei

Blendgranaten, danach zwei mit Tränengas.

„Vorsicht. Es könnten zuerst die Kinder raus-
kommen", sagte Angelos zu Khaled.

Doch als Erstes kamen zwei Männer aus dem
Bunker, scheinbar ohne Waffen.

„Hände hinter den Kopf und auf die Knie", rief
Yariv laut.

Dann hörte man das nächste Husten, gefolgt von
einer Salve aus einer Maschinenpistole.

„Ich bräuchte ihn lebend", rief Angelos Khaled zu.

„Wie soll das denn gehen? Gib mir Deckung!"

Angelos feuerte auf den Eingang. Bogdan ging
etwas zu spät in die Knie. Sein Kopf zerplatzte
förmlich.

„Hast du wieder deine Superkugeln im Lauf
gehabt? Herrgott – der kann nichts mehr sagen",
fluchte Angelos.

„Dafür leben wir noch. Und dein Freund ist
unverletzt geblieben", knurrte Khaled.

Angelos starrte Khaled an.

Nicht der richtige Moment für einen Streit, dachte
er. Und hoffentlich ist keiner mehr im Bunker.
Schon gar keine toten Kinder.

Yariv kam hinter dem Container hervor und ging,
an die Wand gepresst, die Treppen hinunter, über
Bogdans Leiche hinweg.

Angelos und Khaled folgten ihm.

Als fünf Mal der Ruf „Gesichert" zu hören war,
konnten sie davon ausgehen, dass die Bunker-
besatzung komplett ausgeschaltet war.

„Keine Kinder", sagte Angelos erleichtert. Es gab
einen Büroraum, zwei Umkleide- oder Personal-
räume. Zwei Räume mit Stahltüren, wahrscheinlich
die Zellen für die Kinder.

Dann kamen die drei in das Studio. Es war eine Mischung aus Puff und Folterkammer mit Kameras die, wie in Filmstudios teils auf Schienen standen. Auch von der Decke hingen Kameras und Beleuchtungskörper.

Angelos schüttelte nur mit dem Kopf.

„Gehen wir in das Büro. Da der Herr auf der Treppe nicht mit dem Angriff gerechnet hat, dürften wir reiche Beute machen. Yariv, du kümmerst dich bitte um die Computer und wir beide nehmen die Abdrücke!"

„Was ist eigentlich mit dem Verwalter? Er muss mit denen unter einer Decke stecken. Die mussten ja rein und raus", stellte Yariv fest.

Angelos schüttelte den Kopf.

„Das glaube ich nicht. Dem ursprünglichen Verwalter haben sie entweder viel Geld für einen Urlaub gegeben oder – und das ist wahrscheinlicher – sie haben ihm eine Kugel in den Kopf gejagt!"

48

Erstaunlich und kaum zu glauben, dachte Staatssekretär Stavrakis. Die Verbindung nach Athen war unterbrochen und auch Mykonos war nicht zu erreichen. Aber weitere Gedanken machte er sich nicht, denn der Hubschrauber setzte zur Landung an.

„Schnorrer", dachte er, als er auf das Lager blickte. Andererseits: eine nie versiegende Geldquelle, vielfach nutzbar. Man kann direkt etwas abzwacken, indem man Leistungen abrechnete, die die Flüchtlinge nicht erreichen. Indirekt ließ sich noch viel mehr Geld machen. Stavrakis stöhnte, als er an die folgenden zwei Stunden dachte. Geschrei, das Genörgel der NGOs und diese widerlichen Journalisten, die immer wieder die richtigen Fragen stellten. Doch sie bekamen immer die gleichen Antworten. Alles auf Europa schieben ist immer gut und kommt an beim Volk.

Die folgenden zwei Stunden verliefen exakt so wie gedacht. Als er mit den zwei Security-Männern zum Hubschrauber fuhr, kribbelte es ihn doch. Die Ausgangssperre war aufgehoben worden. Erst ärgerte er sich furchtbar darüber, dass ihn der Premier nicht darüber informiert hatte, aber unterm Strich zählte nur, dass man wieder im Geschäft war.

Und unter den neuen Kids waren einige hübsche Jungs und Mädchen.

Der Wagen hielt neben dem Hubschrauber, dessen Rotoren schon liefen. Kaum war Stavrakis eingestiegen, hob er ab.

Was zum Teufel, dachte er – dann blickte Stavrakis in ein bekanntes Gesicht, das ihn breit angrinste. Es war dieser schwule Kommissar aus Mykonos. Und der Pilot hieß Khaled Nikakis und steuerte den Hubschrauber in Richtung Süden.

Dreißig Minuten später bemerkte Stavrakis, dass der Hubschrauber langsamer wurde. Er schaute aus dem Fenster und sah eine riesige Yacht – und mehrere bewaffnete Männer.

„Abu und das Begrüßungskomitee sind schon bereit", sagte Khaled zu Angelos über das Headset.

49

Angelos saß auf der Bettkante und ließ den Kopf hängen.

„Nun geh schon runter", sagte Khaled mit sanfter Stimme. „Und sag nicht, dass du nicht willst!"

„Nicht, wenn sich zwischen uns etwas ändern würde. Ja, ich gebe es zu, ich habe mich in Yariv verliebt!"

„Korrektur: du liebst ihn. Zwischen uns ändert sich nichts. Ich bin glücklich, dass du mit mir zusammen bist. Und wie könnte ich dich kritisieren? Ich bin nur hier, weil du so bist, wie du bist!"

„Und wie bin ich?", fragte Angelos.

„Du kannst zwei Menschen gleichzeitig lieben. Du hintergehst keinen, du spielst nichts vor. Das kannst du nämlich gar nicht. Du bist das offenste Buch, das ich kenne. Ich finde es nicht toll, aber wärst du nicht so, wäre ich nicht hier. Du hast Alex geliebt – und gleichzeitig mich. Betrogen hast du keinen von uns. Jeder wusste Bescheid. Nun bin ich in Alex´ Situation und dafür bin ich dankbar, auch wenn es blöd klingt. Damals war ich der Eindringling, jetzt ist es Yariv. Was konnte ich dafür, dass ich mich in dich verliebt habe? Nichts. Was kann er dafür? Auch nichts. Als wir das erste Mal miteinander geschlafen haben, war es die schönste Nacht meines Lebens. Und Yariv wird es genauso gehen. Ich weiß, du bleibst bei mir. Eben, weil ich nicht mit Eifersucht oder Wut reagiere!"

Angelos lächelte.

„Wir beide kannten uns im Grunde genommen gar nicht. Heute liebe ich dich viel mehr als damals!"

„Ich weiß. Deswegen bin ich auch so gelassen. Und da du dich nicht jeden Monat neu verliebst, wird sich nichts ändern. Nebenbei: Yariv ist ein verdammt schöner Mann, dazu klug – er ist fast so wie ich", sagte Khaled trocken.

Angelos lachte laut und küsste Khaled.

„Er wird mich hinterher noch mehr lieben, befürchte ich!"

„Oh ja, ganz bestimmt. So war es bei mir doch auch. Danach war ich verloren", sagte Khaled.

„Du hast gewonnen, nicht verloren, Khaled!"

„Ja. Ich lebe meinen Traum. Nun lass den Kleinen etwas träumen!"

Angelos lachte.

„Er ist drei Jahre älter als du und höchstens fünf Zentimeter kleiner. Das andere ist wohl ziemlich gleich!"

„Aber meiner ist königlich", erwiderte Khaled und prustete los.

„Hilf mir. Zärtlich oder volle Pulle?", fragte Angelos.
„Mach es einfach wie bei mir. Das macht ihn
garantiert glücklich", sagte Khaled.

Angelos ging nach unten und zögerte kurz.
Er öffnete die Glastüre und auf dem Bett lag Yariv.

Man konnte in seinen Augen lesen.
Freude und ein bisschen Sorge.
„Schön, dass du kommst", sagte er leise.
„Du wusstest es doch, nachdem du mit Khaled
gesprochen hast", antwortete Angelos.
„Ich hatte es gehofft. Ich ... äh ... bin etwas
nervös!"
Angelos lächelte und legte sich neben Yariv.
„Das musst du nicht sein. Vertrau mir!"
„Natürlich vertraue ich dir. Was könnte mir
Besseres passieren beim ersten Mal? Ein Mann, der
mich liebt. Sag es bitte, ein einziges Mal!"
„Yariv Markaris, ich liebe dich!"
„Das hört sich gut an! Äh ... wie fangen wir ...?"
Doch da hatte er schon Angelos Zunge im Mund.

Zwei Stunden später lagen beide vollkommen
erschöpft nebeneinander.
Yariv drehte sich zu Angelos hin und streichelte
seine Brust.
„Sag jetzt bloß nicht danke", flüsterte Angelos.
„An deinen Augen sehe ich, dass es auch dir
gefallen hat", sagte Yariv leise.
„Oh ja!"
„Äh ..."
„Nein, Yariv. Ich bleibe bei Khaled. Ich liebe euch
beide, aber ... „

„ … du liebst ihn mehr. Ich kann es verstehen. Kein anderer hätte so reagiert. Sag ihm, dass ich ihm sehr dankbar bin!"

„Er ist ein ganz besonderer Mensch!"

„Werden wir uns wiedersehen?", fragte Yariv unsicher.

„Was soll der Blödsinn, Kleiner. Du bist in Athen und ich hier. Das sind zwanzig Flugminuten. Du bist jederzeit willkommen und Khaled hat sicher nichts dagegen!"

Yariv zögerte.

„Was ist denn noch?"

„Versprich mir, dass du nicht wütend wirst!"

„Ich verspreche es", sagte Angelos.

„Schläfst du noch einmal mit mir? Irgendwann?"

„Glaube mir, du lernst bald einen anderen Mann kennen", flüsterte Angelos.

„Und wenn ich nicht will? Außerdem hast du meine Frage nicht beantwortet. Schläfst du …", sagte Yariv.

„Ich habe es verstanden, Yariv. Sagen wir es so: es könnte durchaus sein!"

50

Giorgios Stavrakis schwamm in einem Meer aus Schmerz. Die Männer machten wohl eine Pause. Aber es würde weitergehen. Er spürte, wie ihm das Blut die Schenkel hinunterlief.

Wer sind diese Männer, fragte sich Stavrakis, seitdem ihn Nikakis auf dieser Yacht abgesetzt hatte. Begriffen hatte er aber sehr wohl, dass die Beweise gegen ihn für eine lange Verurteilung nicht ausreichend gewesen wären. Vielleicht hätten meine politischen Freunde mich sogar freibekommen. Geld hatte ich genug.

All dies wusste Angelos Nikakis. Und daher beschlossen, die Angelegenheit anders zu regeln. Die Männer kamen zurück. Mit Dankbarkeit registrierte Stavrakis, dass er starb. Ihm schwanden die Sinne. Gott war gnädig.

Da spürte er einen Einstich und plötzlich fuhr ein Energieschub durch seinen Körper.

Nein, bitte nicht.

Abu Bakar stand in der Türe und schaute regungslos zu. Emotionen kannte er seit Rakka nicht mehr. Er hatte zu viel gesehen und gelitten. Seine einzige Gefühlsregung war die Freundschaft mit Angelos. Ich hätte nicht gedacht, dass ich noch einmal jemand mögen oder gar meinen Freund nennen würde. Dabei haben wir uns fast umgebracht.

„Ich kann diesen Dreck nicht einfach laufen lassen", hatte Angelos gesagt.

„Du gibst bei mir einen Mord in Auftrag, als Kommissar??"

„Ja. Die Gründe heißen Samira, Philipos, Aicha, Ali, Leila …"

Stavrakis hatte seine letzte Adrenalinspritze bekommen.

Es reicht, beschloss Abu Bakar.

„Erschießt ihn und werft ihn über Bord!"

Wahrscheinlich müssen sich selbst die Fische übergeben.

51

Als Angelos wieder im Obergeschoss ankam, war Khaled noch wach. Natürlich.

„Und? Wie war es? Das war ja länger als bei mir", sagte Khaled lächelnd.

Aber Angelos antwortete nicht, sondern legte sich neben Khaled.

Khaled sah, dass Angelos Tränen vergoss.

„Kuscheln? Oder möchtest du deine Ruhe haben?"

„Löffelchen, bitte", flüsterte Angelos.

„Also: es war schön. Und für Yariv die bisher schönste Nacht seines Lebens, richtig?", fragte Khaled.

„Ja, das war es bestimmt. Er ist bis über beide Ohren verliebt", antwortete Angelos leise.

„Und du?"

„Khaled. Ich liebe dich, mehr als je zuvor. Ich werde dich nie verlassen. Schon gar nicht nach den letzten Tagen. Aber wenn du gehen würdest, könnte ich es verstehen!"

„Warum sollte ich gehen? Gut, du hast dich verliebt. Na und? Hat das etwas mit unserer Liebe zu tun? Nein. Zumindest für mich nicht.

Ich wusste, dass das passieren würde. Du hast damals dein Herz für mich geöffnet, obwohl es schon belegt war – und mich glücklich gemacht. Sobald du bemerkt hattest, dass du in Yariv verliebt bist, hast du es mir erzählt. Du hast nicht gelogen, mich nicht betrogen – du bist immer ehrlich und deine Gefühle auch. Ich bin nicht böse, weder auf dich noch auf Yariv. Ich hoffe nur, du bleibst …"

„Ich könnte ohne dich nicht leben", flüsterte Angelos.

„Mir ist es lieber, du sagst mir ehrlich, wenn …"

„… ich mich verliebe? Es ist das erste Mal seit wir uns kennen. Ich dachte, das kann nicht passieren. Was hätte ich tun können? Yariv sofort rausschmeißen? Weil er Gefühle hat? So etwas kann ich nicht. Ich weiß, dass es nicht einfach ist. Habe ich dich vernachlässigt oder mich anders verhalten, seit Yariv da ist? Ich meine, dir gegenüber?"

„Beruhige dich, mein Schöner. Nein. Du warst eher noch liebevoller als vorher, aber nicht aus schlechtem Gewissen, sondern, weil dein Herz gerade große Portionen Liebe ausschüttet. Davon kann ein anderer ruhig auch etwas abhaben, schließlich besitze ich dich nicht", sagte Khaled mit beruhigender Stimme.

„Wie hältst du es mit mir aus?", fragte Angelos. Khaled lachte.

„Bitte? Ich lebe meinen Traum und das nur deswegen, weil mein Angelos eine große Liebesquelle ist! Und welcher Mensch auf dieser Welt fragt seinen Partner, ob er mit jemand anders schlafen darf? Jeder andere hätte es gemacht und hinterher nichts gesagt!"

„Darf er uns besuchen?", fragte Angelos.

„Was soll die Frage? Natürlich darf er uns – oder dich – besuchen. Ich bin doch kein Gefängniswärter. Außerdem mag ich ihn. Und hässlich ist er ja nicht gerade!"

Khaled lächelte Angelos an.

„Mein Gott, du bist …!"

„ … der außergewöhnlichste Mensch, den du kennst. Ich bin froh, dass ich dir das zeigen durfte. Weißt du, dass ich jeden Tag nach dem Aufstehen mich zwicke? Weil ich es immer noch nicht glauben kann, neben dir aufzuwachen. Nach drei Jahren. Ich weiß nicht, ob es bei dir ähnlich ist …"

Aber Angelos antwortete bereits. Ihm liefen erneut Tränen über die Wangen.

„Du elender arabischer Wortkünstler. Du bohrst zielsicher mitten ins Herz und drehst dann genüsslich herum!"

„Und genau dafür solltest du mich jetzt bestrafen", sagte Khaled mit unschuldigem Blick. Angelos lachte und weinte zugleich.

„Aber ich habe noch nicht geduscht. Ich rieche bestimmt noch nach Ya ..."

Khaled legte seinen Zeigefinger auf Angelos´ Mund.

„Umso besser. Ich liebe es, wenn du nach Schweiß riechst!"

Band 21
Mykonos Crime
Yariv
erscheint vorauss. 19.
September!

Auf Mykonos findet der erste Halbmarathon statt. Ein Team des türkischen Geheimdienstes nimmt daran teil. Der Premierminister hat sein Kommen zugesagt. Eine Frauenleiche liegt in der Küche eines Hedge-Fonds-Managers. Vier Ereignisse, die Kommissar Angelos Nikakis auf Trab halten, obwohl sie nicht zusammenhängen, so glaubt Nikakis fälschlicherweise.

Dann erreicht ihn die Nachricht, dass sein Kollege und Freund Yariv Markaris in Athen bei einem Einsatz schwer verletzt wurde. Angelos holt ihn nach Mykonos zur Reha. Doch die muss ausfallen, denn Angelos braucht die Unterstützung dringend.

**Band 22
BERETTA
erscheint vorauss.
Ende November.**

Paul Katsitis – Darknet 20

An der Uferpromenade mitten in Mykonos-Stadt wird die Leiche eines jungen Mädchens gefunden, das niemand kennt. Gefoltert und vergewaltigt.
Als ein zweites Opfer gefunden wird, vermutet Kommissar Angelos Nikakis, dass er es mit einem Pädophilenring zu tun haben könnte. Zusammen mit seinem Athener Kollegen Yariv Markaris, einem Darknet-Spezialisten, nimmt er die Spur auf. Er stößt dabei auf Beteiligte, die aus den höchsten Kreisen in Athen stammen und die ihre eigene „Flüchtlingspolitik" verfolgen.

Paul Katsitis – Carneval 19

Carneval in Griechenland? Bestimmt nicht, denken viele. Von wegen: Rosenmontag ist einer der wichtigsten Feiertage. Doch auf Mykonos wird Carneval gestört: in der Nähe von Kalafati wird ein Motorradfahrer tot aufgefunden. Obwohl der Kopf abgetrennt wurde, gelingt es Kommissar Angelos Nikakis schnell, ihn zu identifizieren: das Opfer ist ein Emirati, Landsmann von Angelos´ Ehemann

Khaled. Zufälle gibt es nicht, sagt Angelos immer – und leider behält er Recht.

Paul Katsitis – Tödliche Libido 18

Auf einem Kreuzfahrtschiff wird ein 19-jähriger Steward vermisst.
Kommissar Angelos Nikakis nimmt den Fall zunächst nicht ernst. ‚Der Junge macht sich auf Mykonos ein paar schöne Tage‘, denkt er. Und es gibt keine Leiche.
Doch er täuscht sich. Eines Abends besucht ihn der Premierminister, Antonis Migiakis, der mit Angelos befreundet ist und gesteht, dass der junge Pavlos sein heimlicher Liebhaber war.
Kurz darauf melden sich die Entführer – und die Forderungen haben es in sich. Angelos muss den Jungen finden, sonst ist Migiakis politisch erledigt.
Und zur Lösung des Falls braucht er die Hilfe eines altbekannten Drogenbarons: Abu Bakar.

Paul Katsitis – Botschafter 17

Kommissar Angelos Nikakis und sein Partner Khaled retten ein Kind vor dem Ertrinken. Es ist zufällig der Sohn des israelischen Botschafters. Aus Dankbarkeit wird der Botschafter der Trauzeuge von Angelos und Khaled. Einen Tag später zerreißt eine Bombe dessen Wagen. Was zunächst nach einem Terrorakt aussieht, entpuppt sich als ein Geflecht aus Kunstdiebstahl, Verschwörung und Mord. Und Kommissar Nikakis muss tief in der Vergangenheit wühlen.

Paul Katsitis – Spione 16

Ein russischer Überläufer soll über Mykonos in den Westen geschleust werden. Auf der Kykladen-Insel soll er sich in einer der zahlreichen Schönheitskliniken eine gesichtsveränderte Operation unterziehen. Kommissar Angelos Nikakis soll den Agenten während des Aufenthaltes schützen. Kein größeres Problem, denkt er. Bis plötzlich drei Geheimdienste auf der Insel am Werke sind. Und sich letztlich Angelos´ Leben für immer verändert.

Paul Katsitis – Khaled 15

Eine Explosion auf Delos töten einen Archäologen. Das erste Rätsel für Kommissar und Bürgermeister Angelos Nikakis. Das zweite Rätsel hingegen – wen er denn nun liebt – löst sich: er trennt sich von Alex und zieht zu Kronprinz Khaled. Doch zwei Tage später wird dieser von einem Attentäter niedergeschossen

Paul Katsitis – Trauma 14

Chefermittler und Bürgermeister Angelos Nikakis glaubt es zunächst nicht: auf der trockenen Insel Mykonos soll ein Golfplatz errichtet werden. Als Nikakis den Investor trifft, glaubt er ihn zu kennen. Bevor er sich erinnert, ereignen sich zwei Morde.
Angelos´ Ehemann Alex findet währenddessen heraus, woher Angelos den Investor kennt.
Bald geschieht ein dritter Mord. Und der Täter ist Alex.

Paul Katsitis – Royals 13

Zehn Seemeilen entfernt von Mykonos wird ein großes Gasfeld entdeckt. Bürgermeister und Kommissar Angelos Nikakis greift zu allen

(auch illegalen) Tricks, um Bohrtürme in der Ägäis zu verhindern.
Als dann eine Prinzessin des Emirats Katar während eines Besuchs auf Mykonos entführt wird, scheint es zunächst nicht so, als würde ein Zusammenhang bestehen. Wenige Tage später ist die Prinzessin tot – und Angelos Nikakis sitzt im Gefängnis.

Paul Katsitis – Der Putsch 12

1967 putscht in Griechenland das Militär. Hellas und auch Mykonos ächzen unter der Diktatur.
52 Jahre später gibt es wieder einen Regierungswechsel in Athen. Doch die Ereignisse von damals werfen ihre späten Schatten.
Ein Flugzeugabsturz und Kommissar Angelos Nikakis sorgen dafür, dass es zu einem politischen Erdbeben kommt.

Paul Katsitis – Glut 11

Der Alptraum aller Chora-Bewohner wird wahr. Ein Großbrand wütet in den engen Gassen der Stadt. Eine knifflige Aufgabe nicht nur für die Feuerwehr, sondern auch für Kommissar und Bürgermeister Angelos Nikakis. Denn in einem Haus findet man eine Leiche.

Ein Brandopfer, denken viele. Doch sie wurde erschossen. Drei weitere Morde und der Wiederaufbau lassen Angelos kaum Zeit Luft zu holen.

Paul Katsitis – Abseits 10

Im Stadion von Mykonos wird die Leiche eines Mannes gefunden. Da der Mann Fan von Olympiakos Piräus war, geraten alle Anhänger des Konkurrenzvereins Panathinaikos Athen in Verdacht. Die Indizien lassen zunächst keine andere These zu und der Hass zwischen beiden Lagern ist tatsächlich so groß, dass auch ein Mord im Bereich des Möglichen liegt.
Doch als Kommissar Angelos Nikakis in die Welt der Spielerscouts eintaucht, stellt er fest, dass es um ganz andere Dinge ging: um Menschen-handel, Pädophilie und natürlich eine Menge Geld!

Paul Katsitis – Sturm über Mykonos 9

Paul Katsitis – Die Maske 8

Nach einem Banküberfall erschießt Alex einen der Räuber auf der Flucht. Da er ihn ohne

Vorwarnung in den Rücken geschossen hat, steht er bald unter Anklage.
Im Schatten des Prozesses gelingt es einem neuen, besonders brutalen Drogenhändler, genannt „Máská",sein Netzwerk auszubauen. Und er zögert auch nicht, als sich ihm die Gelegenheit bietet, Kommissar a.D. Angelos Nikakis aus dem Weg zu räumen.

Paul Katsitis – Hass 7

Es ist ein besonderer Fall für die beiden Ermittler Alex und Angelos Nikakis. Die Leiche eines jungen Mannes wird in den Dünen gefunden. Am und im Körper des Toten findet sich die DNA von Angelos.
Er wird verhaftet.

Paul Katsitis – Skalpell 6
Am Strand von Ornos wird eine Frauenleiche gefunden. Es ist die Tochter des Bürgermeisters. Der Leiche fehlen Nieren und Leber.
Doch es geht bei der Mordserie nicht nur um Organe, wie die beiden Ermittler Alexandros und Angelos Nikakis bald feststellen. Es existiert ein komplexes Netzwerk, das verschiedene kriminelle Felder abdeckt, und so mancher Inselbewohner ist darin verstrickt.

Paul Katsitis – Inzest 5

Ein Bräutigam, der sich am Tag der Hochzeit vom Balkon stürzt und eine Mädchenleiche in einer Wagenpresse. Zwei Fälle für die beiden Ex-Kommissare Alex und Angelos Nikakis Zwei Fälle, die sich nach und nach aufeinander zu bewegen.

Paul Katsitis – Der-Drei-Sterne-Mord 4

Im besten Restaurant der Insel wird der Chefkoch, ehemals Leibkoch Gaddafis, mit durchschnittener Kehle aufgefunden. Ein schwieriger Fall für Alex und Angelos, zumal die eigene Familie mit beteiligt ist. Der Fall erfährt eine erstaunliche Wendung, als die beiden Ermittler erfahren, dass der britische Außenminister Mykonos besucht – auf dem Landsitz des griechischen Premierministers.

Paul Katsitis – Tattoo 3

Zwei Highlights stehen auf dem Programm des Wochenendes: ein hochdotiertes Beachvolleyball-Turnier und die Eröffnung der ersten Spielbank auf der Insel.
Nicht ins Programm passen zwei Tote: ein 19-jähriger Junge und einer der Beachvolley-

ballspieler. An dessen „natürlichem Tod"
haben die Ermittler Alex und Angelos so ihre
Zweifel.

Paul Katsitis – Rache 2

Im Kloster Ano Mera auf Mykonos wird ein
Priester tot aufgefunden, dessen Leiche übel
zugerichtet ist. Es sieht nach einem
Rachemord aus – doch wofür?

Paul Katsitis – Die Bestie von Mykonos 1

Zwei Kriminalbeamte, Alexandros und
Angelos, quittieren den Dienst und eröffnen
gemeinsam auf Mykonos eine Bar. Nebenher
betreiben sie eine kleine Privat-Detektei. Da
die Polizei chronisch unterbesetzt ist, werden
Alex und Angelos – wegen ihrer Erfahrung -
regelmäßig hinzugezogen.
Mykonos ist in Aufruhr. Offensichtlich foltert,
vergewaltigt und tötet ein Mann junge
Touristen. Um ihn zu stellen, bleibt nichts
anderes übrig, als dass Angelos den
Lockvogel spielt – mit furchtbaren
Konsequenzen .

Weitere Mykonos-Bücher

MYKONOS LOVE STORY
Von Michael Markaris

„Die Mykonos Love Story 1-11" von Michael Markaris.
Kommissar Pandis hat mit 53 sein Coming-Out und verliebt sich in den 29-jährigen Angelos.

Bisher erschienen:
Mykonos Love Story 1
Mykonos Love Story 2 – Das goldene Ei
Mykonos Love Story 3 – Morgenröte über Mykonos
Mykonos Love Story 4 - Mykonos Speed
Mykonos Love Story 5 – Rape-Vergewaltigung
Mykonos Love Story 6 – Der rosa Leopard
Mykonos Love Story 7 – Rückkehr der Leoparden
Mykonos Love Story 8 – Crash!
Mykonos Love Story 9 – Der tote Pelikan
Mykonos Love Story 10 – Photia-Feuer
Mykonos Love Story 11 – Der tote Archäologe